U0750695

苏良 著

记忆的碎片

暨南大学出版社
JINAN UNIVERSITY PRESS

中国·广州

图书在版编目（CIP）数据

记忆的碎片/苏良著 . —广州：暨南大学出版社，2017. 6
（2017. 11 重印）
（萤火虫文丛）
ISBN 978 - 7 - 5668 - 2129 - 4

Ⅰ. ①记⋯　Ⅱ. ①苏⋯　Ⅲ. ①散文集—中国—当代
Ⅳ. ①I267

中国版本图书馆 CIP 数据核字（2017）第 129953 号

记忆的碎片
JIYI DE SUIPIAN
著　者：苏　良
···

出 版 人：徐义雄
策划编辑：崔军亚
责任编辑：崔军亚
责任校对：何利红
责任印制：汤慧君　周一丹

出版发行：暨南大学出版社（510630）
电　　话：总编室（8620）85221601
　　　　　营销部（8620）85225284　85228291　85228292（邮购）
传　　真：（8620）85221583（办公室）　85223774（营销部）
网　　址：http：//www. jnupress. com
排　　版：广州良弓广告有限公司
印　　刷：佛山市浩文彩色印刷有限公司
开　　本：890mm×1240mm　1/32
印　　张：6. 5
字　　数：120 千
版　　次：2017 年 6 月第 1 版
印　　次：2017 年 11 月第 2 次
定　　价：29. 80 元

（暨大版图书如有印装质量问题，请与出版社总编室联系调换）

序言　黑白色的大悲悯

一

苏良笔下的牲口，写的都像人。

比如他们家有过一头猪，特别懂事，吃食的时候"不管清稠好赖，总是认认真真、小心翼翼、一口一口挨着往过吃"。然后，有一天，它吃出一个整齐的半圆就退回猪圈卧下了。原来是生病了，后来，就死了。全家人难受了好一段日子。

有一头骡子，拉车拉炭，头一天晚上没给喂饱，第二天连车带牲口翻沟里去了。翻车前，骡子把人救下了。"辕骡哀怨地瞅了郑二一眼，大眼眶里涌出两行热泪，死了。郑二脸贴脸抱住骡头，捶胸顿足，放声大哭……"

还有鸡，冬天想在门口要点米，母亲没给，然后第二天，"阳光虽然明亮，天气依然很冷。一只鸡孤零零地瑟缩在墙角，另一只则看不见"了，"一寻，原来是已经冻死在鸡窝里了。"

还有《温顺的母牛》《孤独的狐狸》……这些小而卑微的生命，被作者赋予了那个时代下所有的苦难和绝望，可怜和荒诞，温情和慈悲，天真和伤感。这些细微的裂痕，都有光芒透出。

二

相反，他笔下的人，有时候倒像牲口。

比如《迷失》，人贩子打断娃娃的腿，领着"假儿子"乞讨；《活人心》里三爷爷三奶奶剜了养子的心给亲儿子做药引子；《口风》里羊换他大放了一辈子羊，死前他儿子没让他吃上一口羊肉，死后倒是被打落得体体面面，羊换还赢了一个孝子名……

还有其他的人和事，人和村庄、和物件、和大事件小杂碎，都揉在这些碎片里。那些残忍、阴暗、温情、宽恕、麻木、愚蠢、可笑……复杂的人性在字里行间闪现，迂回，令人唱叹，却又点到即止。

读这些故事，或流泪，或欢欣，或失笑，或怅然……那些悲欢离合牵动人心，让人不敢深望。

三

这些，构成了《记忆的碎片》一书独特的叙事风格。像一个万花筒一样，交相映衬，欲言又止。

这些小故事独立而跳跃，却统一在平和冲淡、沉郁顿挫的调子里。就像在夕阳下的一垣残墙边，听一位老者吹埙。古朴，悠扬，让人伤感却又不知所起。

极简而质朴，闪烁而笃定。这就是"苏良笔法"。拥有这种叙事风格，是因为作者本身对世间万物怀有大悲悯。

悲天悯人，最有气象。

但难的是如何将这种"气象"藏而不露，隐而不发。像山雨欲来前的平静，黑白，无声，却雷霆万钧。

大道至简，大音希声。苏良做到了。

苏向宇

2017 年 8 月 8 日

前言

　　《记忆的碎片》一书出版后，鄂尔多斯日报社和鄂尔多斯图书馆的一些热心人士为此举办了一次新书阅读分享会，我在会上做了一个分享发言。现在这本书要加印了，我把这个发言收录于此。

一、说说我的一本书情结

　　在作者与读者这二者之间，我主要是一个读者。在我的阅读范围之中，文学类的阅读要明显偏重。作为一个非专业的爱好者，许多年前，我偶尔看到这么一句话：一个作者，一生写好一本书就可以，而无须贪图过多。这句话在我意识里种下了一个"一本书情结"。

　　我在想，也希望，我偶尔写就的那些独立成篇的短小文字，最终要凝结成一本书，而这本书将会有其独特的灵魂和后续生命力。所以在直到今年才问世的这本书里，有我二十多年前的文字，有我十多年前的文字，也有我近两年的文字，这些文字虽然新旧不一，却骨肉相连，它们共同表达了我对故乡的眷念，表达了我对幼年时生产队大集体生活的忧伤记忆，当然，也表达了我对今天历史进步的由衷赞许。我手写我心，我手写我见，我写出了我想要表达的。

二、说说"黑白色的大悲悯"

苏向宇写了一篇评论我这本书的文字，题目叫"黑白色的大悲悯"。苏向宇的评论写得入骨入髓，精辟到位，她的文字如一面镜子，让我看到了镜照之下的另一个我自己。我现在只说说"黑白色的大悲悯"这个题目对此书特点的准确概括。

我也说不清为什么，作为一个作者，我现在笔下的文字，用词还没有我十多年前的多，而十多年前的文字，用词还没有我二十多年前多，随着年龄和阅历的增长，我的文字越来越简单，越来越朴素，这些简单朴素的文字，勾勒出的图景，必然是黑白色的，而达不到绚丽纷呈的彩色效果。

我很喜欢一段楚王遗弓的古文故事。

楚共王出猎时把宝弓丢了，左右随从说赶紧回去找吧，楚共王说不必了："楚人遗之，楚人得之，又何求焉？"

楚共王真爱他的国家和子民，他的思想境界可谓高了，但孔子听说以后却说：惜乎其不大，去其楚可矣！

去掉一个"楚"字，你再看，孔子的境界就比楚王的又高了：人遗之，人得之，何必局限于齐楚燕韩赵魏秦诸如此类哪一个具体国家呢？而老子听说以后说：去其人可矣！

再去掉一个"人"字，老子的至高境界才出来了：遗之，得之，又何必仅局限于人呢？

我之所以喜欢这个故事，其实就如苏向宇的评论所说，我本身对世间万物持有一种悲悯情怀，我非常认同佛家所说的"众生一体"的道理，而这种理念必然影响到了我笔下的文字。

三、说说海明威的冰山原则

我写东西，都很短。论体裁，大约可以归属于笔记类小说。我的笔记类小说，生活元素大多是真实的，而人物和故事大多是虚构的。我写不长，这与我的性格直接有关。我是一个性格内向不善多言的人。当然，喝了酒以后的话多，那不算。

我很尊崇海明威的那个著名的"冰山原则"。海明威说，作者对于他想要表达的东西，可以省略掉他所知道的一部分，而读者则可以根据他提供出的这部分，自己感受到省略掉的那部分。冰山在大海里的移动庄严宏伟，这是因为它只有一小部分露出在水面上。

因为我的性格和我的文字审美取向的关系，我写的东西，一般是没有写出来的暗藏部分，大于写出来的表露部分。当

然，我一般会在写出来的部分之中，留下一个缺口，让读者从
留出的缺口那儿自己去观想。

苏　良

2017 年 10 月 8 日

目　录

记忆的碎片

1. 大风

风很大，呼呼响。砂粒打在窗户纸上，门窗乱晃。

我睡醒过来，看见外面刮得天昏地暗。家里只有我一个，大人们都不知道哪儿去了。大风好像张着黄口伸着黄手，随时要从门缝和窗隙中将我攫出去吞噬，我感到一种遍布周身的恐慌。

从此，我有了记忆，有了这种起始于孤独和恐惧的记忆。

那时的风，咋那么大呢？

2. 冰霜

家里的墙壁上结了厚厚一层冰霜。

我父亲用锹往下铲，嚓、嚓，嚓、嚓。

那时的冬天咋那么冷呢？

那时的人咋那么耐冷呢？

3. 翻家

几天前才走了一批人，又来了一批人，让我母亲把柜子打开，把抽屉抽开，翻，捡，将一些铜钱之类的小零碎装进衣兜。

临走，一小个子的好像就是我们跟前的人，蹲下身拽住我的衣襟，仰脸看着另一大个子的好像不是我们跟前的人说，这件小衣裳还是新的。

大个子的人停住脚步，扭回头看，见我正抬起头看他，大大小小四目相对以后，他定夺了一下，说算啦。

拽住我衣襟的好像就是我们跟前的那个人惋惜地一撇手，有点儿不好意思地对那个显然是身份比他高，他得听他话的人露齿一笑，紧跟在后面走了。

4. 曾祖父

那年，曾祖父还健康，可他对自己的存活已缺乏信心。他牵着我的手在西墙外的沙坡上转悠，俯下身慈爱地问我：你说老爷爷今年死呀还是活呀？我不知什么是死、什么是活，费力地掂量一番，说死呀。他因此就回来给家人念叨，小孩儿说话没空的，我今年估计走呀。

秋天，曾祖父在一轮一轮的批斗声中死了。

他是怎么死的？我没有看见，我忽然之间就看不见他了。

我问大人，老爷爷去哪儿了？大人们说，老爷爷死了。他在哪儿死了？大人们指着南场那面的柳林，说老爷爷在那儿死了。我着急地要去看看，看他是坐着呢还是躺着，可祖母和母亲拦着不让我去看。

爷爷从"群众专政"工地上请假回来，几个人草草率率地将曾祖父送走了。是怎么送走的？我也没看见。

南凉房的房顶上，搁着曾祖父留下的几件简单遗物，一顶落了色的瓜皮小帽、一柄磨得光溜溜的被人踩断了的手杖。

他有过一个随身携带的锡酒壶，那个锡酒壶哪儿去了？早就叫翻家的给拿走啦。

他还曾经有过另外一个锡酒壶，在从新庙到合同庙来回走的半道上，以拜老身份送给打尖过的一个拜侄儿子啦。后来的后来，那个拜侄儿子的孙女，成了我的孩子的妈妈。

当曾祖父去世的时候，他的一个读过书的孙子干干脆脆地说：我要和谁谁谁老汉算清伙食账！

他的另一个读过书的小孙子兴冲冲地说：走，咱去看谁谁谁老汉的丑恶下场！

5. 社房

我念过书的民校现在看不见了，紧挨民校的社房也看不见了，那儿已成为一块庄稼地。对面有一座生产队的集体粮库，房顶早没了，墙却多年不倒。另一处更早的社房，改成米面加工厂以后，墙上还残留着"大海航行"之类的只言片语。生产队拆散时没分，暂时锁起来了。队委会的人开会时，老队长拿出指导意见：这一处旧社房咱先不要分，咱等一等看一看，看上面到底是咋闹呀。过了不知道多长时间以后，邻居二叔接收了那处米面加工厂。邻居二叔是老队长的一个兄弟，他们家的阶级成分好。

旧社房跟前立着一个大石碾子，立了那么好些年，好些年。

生产队拆散的时候，那石碾子没有分。

二叔接手经营了米面加工厂以后，石碾子也一直在那儿立着。

前两年，邻居二叔那破败不堪早就关停了的米面加工厂也拆了，大石碾子突然间不知去向，神不知鬼不觉的。

那么大的个石碾子，从哪儿来的？户族里新顶起几堂神神的四哥说，是曾祖父他们年轻时从南面老家搬过来的。

那石碾子最后叫谁搬走啦？穿着环卫工黄褂褂在县城街上扫街的四哥说，谁能知道呢，反正不是咱。

6. 老队长

生产队成立时，老队长当了第一任队长。

老队长当罢第一任以后，张三当了李四当，李四当了王五当，等生产队拆散的时候，转过一圈儿，老队长又当上了最后一任队长。

老队长临殁的那两年，常背着手在村子里转悠。

老队长扬起手把村子一划拉，很有功劳地说：咱这生产队，建队是我手上建的，拆队也是我手上拆的！

7. 打坝

冬天，生产队人不歇工，农业学大寨，打坝。

有人炒炸药，有人放炮，有人装筐，有人担土，场面真大。

坝打成了，柴油机抽水，水哗哗地流。

那么大一块水田，咋就不记得长过什么好庄稼？

前面的队里也打坝。有个积极分子，双肩能挑两担土，被土压死了，给开了追悼会。

旗里也打坝，打乌兰木伦大坝。在全旗抽调劳力，三年打成，一水冲塌了。

8. 规划田

从旗里来了个下乡干部，把那块全队最集中的大田叫成规划田。

规划田得规划，今年要种糜子就全种糜子，明年要种莜麦就全种莜麦。

那么大一块田，年年种年年收，咋就越种越饿人呢？

规划田是生产队集体的，土改以前则是几户地主富农的。

生产队解体时，规划田按人头平均分配，不管张王李赵，无论成分高低，一家分了一条条。

现在，大家纷纷撂开农田进城打工去了，个别愿意种地的就或包或买了别人家的地集中种植。

规划田又往少数人手里集中。

不过没人再把这少数人叫作地主了。

即使把他们叫作地主，地主这个词也早就不含贬义了。

非但不含有贬义了，好些城里的有钱人又明展大亮地在乡村里买了地，盖了庄园，用钢筋水泥之类结结实实圈围起来，雇人经营着，养些什么什么，种些什么什么，仿佛打算自己风风光光活上个几百岁，再把这万古千秋的基业传留儿孙，心安理得地成为新地主。

9. 白面

我们队里上了一套加工米面的新机器。我家一个亲戚走了好几里地从外队来加工，迟了，夜宿我家。

临睡前，她反复看她放在柜顶上的面袋，很不放心的样子。我母亲就把她的面袋提过来，放在她枕头旁，这样大家都放心。面不多，四五升的样子吧。

10. 荞面

那会儿爷爷的富农帽子摘了没有？记不起了。

爷爷一辈子没惹人，富农帽子摘得算是早的。

爷爷和另外几个人在生产队场上打荞麦，那几人的阶级成分都比较好，要么贫农，要么贫下中农。

社员们普遍收工以后，那几人磨蹭到最后，相互探讨，低声商量：黑夜吃上一顿哇？吃上一顿哇。在哪儿吃？在老苏家哇。

那夜他们是怎么把荞麦变成荞面的？我不知道。总之他们吃了半夜荞面，先压饸饹吃，又捏圪坨儿吃，最后吃了削面。

有个饭量很大的人，一共吃了十二碗。

那夜他们为啥要来"老苏"家吃？现在想，或许是富农家做的茶饭好些，或许是"最危险的地方有时最安全"吧。

11. 灯香窝窝

那一年的老秋过后，北风起了，黄沙飞扬。有那么些天，从生产队的集体劳动场面上散工以后，我爷爷不直接回家，他总要绕些路，捎带着往回挽一种刺儿很大的草。时间长了，在场墙角落里积攒成那么一个草垛。我爷爷为了挽回那垛草，扎得满手血裂子。

等生产队集体停工有了些天歇空以后，我爷爷把那垛草用连枷捶打了两遍，扬簸出几升草籽儿。那草籽儿颗粒很小，蒸出来的窝窝头却很好吃，比棉蓬窝窝好，比灰菜窝窝好，在我的记忆里，它和白面馒头是一样的好。

那种扎人的草，大人们把它叫作灯香。我那会儿不叫它灯香，我叫它血裂子草。它在植物学上的准确学名叫什么，我现在也不知道。满梁遍地的沙蒿被人们连根掏起当柴火烧光以后，灯香草曾经在我们那儿疯长过那么些年。

后来，尤其是现在，植被已经逐渐恢复过来了，灯香草却很少能看得见了，而灯香窝窝再想吃也很难吃得到了。

12. 死羊肉

春天，生产队的死羊多，随处可见有些人家房檐外高挑着剥了皮的死羊。

死羊肉不是谁家想吃就能吃上的。

我盼望我们家能吃上一顿死羊肉。

但我们家一直没能吃到死羊肉。

后来听说，有个牧工把大绵羯子故意推进水沟里淹死，结果被人找出踪来，丢了牧工差使，连真的死羊肉也吃不上了。

13. 冻山药

谁家的山药地也刨不尽，生产队的山药地更是刨不净。开春，地皮刚开始松动，家家户户的猪就开始往山药地跑了，凭着灵敏的嗅觉和坚韧的吻突，它们使劲拱食地里的冻山药。冻了一冬又经春土埋压过的冻山药是很好吃的，孩子们往往跟在猪屁股后面去哄抢它们眼看就要到嘴的好东西，把猪气得哼哼哼直想扑过来咬人。

吃冻山药得慢些，不能吃得紧了，容易噎。听说有一家人新娶回来的儿媳妇，因为家大人多正顿饭吃不饱，做饭的时候提前揭开锅盖偷食一颗冻山药，看见婆婆从大门上回来了，吃得紧，噎死了。

14. 混糖饼子

大队供销社里有一股很香的香味，是混糖饼子的味儿，我没吃过，倒是闻过。有个小伙伴说他吃过，不用花钱，他还承诺让我也吃一次。

有一天，他领我出了村，往南梁走，走了很远，又等了很久，终于等到往回返的供销社的拉货骡子车，央求售货员把我们拉上吧，售货员不为难，真也就把我们给拉上了。半道中，趁他们大人不注意，我们从麻袋缝隙中扭食了几小块混糖饼子，真香呀，真香。

那位售货员当时刚参加工作，言语不多，不露头角，可在之后那么一二十年中，他成为我们那地方一个能说会道风光一时的上流人物。供销社解体以后，他自己在旧供销社的土平房跟前盖起一处青砖红瓦的新供销社，准备大干一场呢，结果头一年在绒毛大战中挣发了，第二年却在绒毛大战中赔倒了，以后再没起来。一次回老家，碰见他缩着肩在沙柳地边吆放着十来只瘦羊，腰里紧一根电线绳子，全无当年风采。

人的命运呀，起伏不定，一如江海中的波涛。

15. 捡柴

春天的黄风很大，刮得人难活。大人们不想出门，却得去生产队挣工分；小孩子们不想出门，大人却要指派我们放学以后去捡柴。

捡柴的好地方我们知道，那就是头一年大人们"植树造林"的地方——那些树活的少死的多，树坑又浅又虚，高露着枯茬儿，稍一用力，一拔一根，一拔一行，也不用咋费劲就能完成任务回家。

不记得当时是不是想过：大人们栽的树为什么死的那么多活的那么少呢？

这些年来，几乎在每年的 4 月 12 日都要去参加一次"干部义务植树活动"——干部们义务栽的树，成活率一点儿也不比生产队社员们的高，顶多也就是个百分之几吧！

每年"义务植树"的时候，我就有一种置身于生产队里的感觉。

16. 碰刺猬

秋天，一个新娶回来时间不长的我叫大妈的第一次来我们家串门，我母亲留她吃饭，想不起该给吃什么，就怂恿我提个筐出去碰刺猬。

我约了个小玩伴进了大西庙沙柳林，时运真好，一阵儿碰了三只大刺猬，同伴碰了一只。

那位大妈以前没吃过刺猬，先还不敢下筷，后来吃得很香。

刺猬肉真香。刺猬皮可拿到供销社卖，一只两毛钱。我卖过几十只刺猬皮。

那会儿我们不叫掏刺猬或逮刺猬，就叫碰刺猬。我感觉"碰"字也还准确。

成年以后，我再没吃过刺猬。有次一个撂下庄稼地进城开了小食堂的亲戚送来一只大刺猬，我下不了杀手，领着孩子到野外把它给放了，心里隐隐地有一种对小时候伤害过的那些刺猬的负罪感。

那年月，人活得不容易，刺猬也活得不容易。

17. 懂事的猪

那时候的猪真可怜，从生到死也吃不上几口粮。

我们家喂过一口很懂事的猪，不管它多饿，来到门口外哼几声，只要让主人看到了，就不再乱吼，更不咬门拱墙，只是静静地站着等。食盆给它放下后，不管清稠好赖，总是认认真真、小心翼翼、一口一口挨着往过吃，生怕洒出一点儿；吃完，再把盆舔一遍，舔得干干净净，食好的话心满意足，食不好的话通情达理地摇着尾巴走开。

有一天，它先喝尽清水，再把稠食吃到一半儿，吃到一个挺整齐的半圆时，退回圈里卧下了。我们用手摸它的脑门，摸它的耳朵，感觉发烫。知道它病了，可我们也没有什么办法，只盼它能尽快好起来。

下一顿，叫它起来吃，它不起来；把食盆端在它跟前，它挣扎着吃两口，又卧倒了。

第二天，它死了。

我母亲伤心得哭了。

我父亲和我爷爷把它煺剥干净，称了一下，四十一斤。

有那么好些天，我们没吃它的肉，不忍。

18. 冻死的鸡

那年冬天，那么冻。

快黄昏了，两只鸡守在门口想吃东西，我让母亲给喂上一点吧，我母亲说不能，隔几天喂上一次行了。

我心里就有些纠结。

第二天清早，阳光虽然明亮，天气依然很冷。一只鸡孤零零地瑟缩在墙角，另一只则看不见，哪儿去了？

一寻，原来是已经冻死在鸡窝里了。

煺了毛，开了肚，胃里没有一粒粮食。

19. 大米

在公社当干部的五爹给户族里的几家人一家一点大米让尝尝，都是些没吃过大米的人。几天后的夜里，母亲新学熬大米稀饭，按照五妈给说的做法，和了点儿小土豆丁，那样可以多做一点出来，还不失大米的原味。

五爹和六爷爷是户族里仅有的两个老念书人，也是那会儿仅有的两个吃上了公家饭的人。他们一辈子公私分明，没贪没占，成为人人相信的大好人。五爹在公社里管过好多年后勤，几十年没往自己家里拿过公家一个碟子一个碗。六爷爷在外地的单位里也管过好多年内务，他往老家寄家信时，不使用直接由他管理着的伸手可用的公家邮票，而要去邮局自己花钱买邮票贴上。

他们那一茬人呀，现在都不在了。

五爹有两个儿子，一个取名叫先进，一个取名叫忠义。六爷爷有三个儿子，分别取名叫维新、跃进、美跃，其中三儿子的名字曾因语义含混而受过政治批评。有人提出来说这"美"字是不是有亲美之嫌——这虽说是冤屈了他的本意，可是世事难料，当他进入暮年，他的大孙女真的是去美国读书后定居了美国，给当初的批评者证实了人家的先见之明。

20. 头羊

队里允许我们限额养羊以后，爷爷用一苗杨树换回一只黑花头母羊，然后滋生成两只、三只、四只、五只。我天天吆它们出去，接它们回来。黑花头母羊总是走在头前，不远不近地领着它的队伍，和我非常默契。

冬天，它又下羔了，吃料时太急，噎死了，我难受了好长时间。

21. 高高的云雀

大人们在生产队里锄地。

我钻到庄稼林里玩耍。

庄稼林里，有一个直洞洞的鸟窝，编织得很精巧，窝里还有蛋。

空中，停飞着一只云雀，焦急地俯视地下。

云雀飞得那么高，窝怎么就筑在地下。

大人们把那个鸟窝给锄掉了，好可惜呀！

我后来就没再看见过云雀。

多少年了也没再看见过云雀。

22. 小河、 沙鱼、 捞鱼鹳

外祖母家门前有一条小河，河水清清，河水涓涓。夏天河里会突然冒出许多小沙鱼，孩子们逮也逮不完，经常有捞鱼鹳飞来。

那些鱼是快乐的鱼。

那条小河是快乐的小河。

小河起先是常年流淌的，孩子们可以夏天捉鱼、冬天滑冰。

后来变成了季节河，时断时续。

再后来就枯竭了，沙鱼消失，捞鱼鹳也不知去向。

前几年，二姑舅在河滩那儿栽了一片松树，旱得不行，打了井，得经常回去给浇水。

小河的下游，是乌兰木伦河。多年后依河而生出一座美丽的城市，叫康巴什。

康巴什是蒙语叫法，意思是"康先生"，因为以前有一个

"康先生"在这儿住过。

"康先生"后来哪儿去了？不知道哇。

可是他的这个名，留下了。

康巴什现在是一座美丽的北方新城。

23. 黄羊角

黄羊是善于奔跑的野羊，听说狼也难以追住它。

我没见过黄羊，也没见过狼，它们在我的记忆之前已经消失了。

我只见过黄羊角。

外祖母家的墙壁上，泥着一对黄羊角。

他们早年间打过黄羊，肉吃了，把羊头骨泥在墙里，角露在外面，当挂钩。

现在连黄羊角也见不到了。

动物的世界越来越小了，人的世界越来越大了。

世界最后要变成尽是人的世界吗？

24. 元宝

外祖父年轻时得过一窖窖三个大元宝。

外祖父家的一只母鸡像公鸡一样叫起了鸣，外祖父就满院子追着它要把它给杀了。

母鸡飞出院外，大颠步在前面跑，外祖父紧跟在后面追，追着追着，母鸡在野滩外一个土卜卜上卧下不跑了。外祖父恼恨地一把倒提起那只会叫鸣的母鸡正要往回走，见土卜卜里好像有什么东西，一刨，刨出三颗大元宝。

外祖父没杀那只鸡，想一想，恩鸡呀，恩鸡。

那三个大元宝后来哪儿去了？

买了牛啦。

牛哪儿去了？

因为日子过得比别人光鲜，就定成了富农，叫没收进农业社集体里去啦。

农业社哪儿去了？

后来叫众人给吃塌啦。

这元宝，该来的时候它就来了，该走的时候它就走了。

晚年，外祖父躺在二舅家炕上流着泪回想：仇鸡呀，仇鸡。它要不叫鸣，我得不到元宝；得不到元宝，我买不回牛；买不回牛，我定不成富农；定不成富农，我这些儿孙后辈也倒不了霉……

25. 成分

民校里念书的孩子们议论说，你家什么成分，他家什么成分，什么成分好，什么成分不好。

我惴惴不安地回家问母亲，我母亲低了头说，富农。我不相信地一再追问，答案还是如此。

我的心从此跌入羞愧和自卑的冰窖，无法自拔。

多年以后，孩子们在学校里议论，谁家有钱，谁家没钱，有钱的好，没钱的不好。

我家孩子放学以后回来问我：咱家算有钱吗？

我笑着摇头。

孩子的头，不由一低。

26. 犯人

外祖母家那个生产队里出过两个犯人，我见过其中一个。

听说有个犯人坐禁闭回来了，我好奇地和我姑舅哥去看犯人，看犯人长得是个什么样儿。

外面下着小雨，生产队的社房里挤着满满一屋子人。迎门靠炕楞边那儿，坐着个低头不语慢慢腾腾搓麻绳子的人，我姑舅哥悄悄指给我说，他就是那个犯人。

他是怎么坐了禁闭的？

公社革委会主任给生产队里的年轻人开会，号召年轻人争当积极分子，勇于揭发身边的反革命言论，这个人就被揭发出来了。说他在自己家里吃饭的时候，给老婆娃娃说过什么人民公社兔子尾巴长不了的反动话，并且埋怨过生产队大集体劳动是瞎胡闹。

另一个犯人，平时爱钻个牛角尖儿，有点儿犟脾气，人说东他偏要给你说说西，"早请示晚汇报"男女老少都叫跳"忠"字舞的时候，他当着一群生产队社员们说，难道不管大事小情，都要先请示再汇报？也不尽然哇。有人反驳他说咋不尽然，交心交心，就是叫你把所有一切的心都交给主席老人家，你还私心不净想有什么隐瞒杂念？他说那么老婆汉子黑夜睡觉的时候，还得先对住主席像鞠躬请示，完了以后再三进五出给主席做详细汇报？一群人哈哈笑了。笑声刚过，队委会的人就警觉了，他们当即停工召开全体社员批判大会，把他定成现行反革命，判刑更长。

邻村里还有个人，是"活学活用毛主席著作"积极分子，走走步步怀揣红本本语录，开口闭口"毛主席教导我们说"。有一天赶着一辆驴车车去大队供销社，买了一尊他心心念想着的毛主席半身石膏像往家走。因为东西太值贵，就用麻绳子把石膏像牢牢捆绑在车牙厢上，结果被人看见以后给检举出来了，说他用麻绳子勒伟大领袖的脖子，也判了重刑。

27. 写汇报

姑夫来住了一晚上，第二天爷爷用一支蘸笔给队里写汇报：我女婿谁谁谁几月初几后晌来，几月初几前晌走。

汇报交给了队里的三叔。三叔家的阶级成分好。三叔和我父亲他们是差前差后一茬茬人。三叔上过初中，字写得很不赖，是我们生产队里的文化人。我父亲他们则不是，他们几个刚念完小学，人家就不让念了，要他们回生产队里参加劳动。

那会儿，阶级成分不好的人还想叫子弟们往出念书？那是天方夜谭，说梦了吧。

三叔很早就进了队委会，当过好些年队长，后来又当过好些年村长。我们地方虽说没开矿没征地穷山恶水看上去没有什么好守恋，村里人已经大多数搬进城里去了，可三叔还是一直就住在村子里，穿得普普通通，住得破破烂烂，朴实得如一颗毫不惹眼的山药蛋，随便滚扎在一堆山药蛋群众堆里。去年冬天我回老家，几个人说闲话，三叔的一个本家兄弟放低声音说，三叔其实是我们全队里最有钱的一个人，他有一笔钱一直在城里的典当行存着，连老婆娃娃也不知道，那个典当行现在已经塌了，三叔的钱叫割得光光的。

你看，三叔的钱，该来的时候它也就来了，该去的时候它也就去了。

28. 侉女子

班里新插进一个来自邻村的八九岁的侉女子，是她爸爸把她领来的。侉女子头发蓬乱，小脸儿灰白，她爸爸则一副困顿潦倒模样。

侉女子不怕生，上过一堂课后，就主动和座位跟前的孩子们说话了，问你叫什么名字，她叫什么名字。

侉女子很胆大，上过第二堂课后，就敢和同学一起到教室外面玩耍了，和人学她不会的，也教给人她会的。

侉女子很快成为班里的新鲜人物，吸引住很多好奇的目光。

第二天，有同学在背后议论说，这侉女子的父亲是"坏人"，是"阶级敌人"，是从南方发配来这里劳动改造的；她妈妈为了表明革命立场，已经和她爸爸离了婚。有爱献殷勤的学生就把这话偷偷告诉了侉女子，说某某某说的，你爸爸是坏人，你是阶级敌人。

侉女子灰白色的小脸儿就更灰白了，她气鼓鼓地站到某某某面前质问：谁说我爸爸是坏人？谁说我是阶级敌人？

后来就嚷起来了，打起来了，打得不可开交，直至老师来了才把他们分开。

挨了不少乱拳乱脚的侉女子嚎哭着，不服输地高昂着倔强的头嚎哭着回去了。

第三天，她没来上学。

之后，她也再没来上学。

等我们上到三四年级时，听说那侉女子已经跟她爸爸回南方老家去了。

孩童时的生活就这样远去了。

侉女子现在哪儿？她活得还好吗？

29. 父亲的沉默

我跟着父亲路过社房，和父亲同龄的一个乡亲笑着和他说话，而他冷漠地应一声自顾走过，乡亲显得非常尴尬。我心里很难过。

我回去跟母亲说了，母亲埋怨我父亲，我也埋怨我父亲，而我父亲则沉默不语。

他为什么那么冷漠，冷漠得那么不近人情？他为什么沉默不语，沉默得没有任何解释？我很不理解。

父亲早早地故去了。多年以后，我才明白了父亲的沉默，那乡亲当时是炙手可热的贫下中农子弟呀。

而现在我才明白，父亲和乡亲，他们原本是一些无冤无仇的乡里乡邻呀。

30. 远去的雁群

我家住在社房南面一个孤村子里，面对着生产队一块不大不小的庄稼地。

深秋，庄稼早就收过了。秋风萧瑟，地面一片空旷。

在空旷的地面上，有一天突然飞落一群大雁，一群很稀罕的远方来客，饥饿而疲惫，四散开，伸着长脖子找寻食物，却找不到什么，于是抬起头，失望地高叫。

我悄悄向它们靠近。我想走到近处，看个清楚，最好能逮住一只……可没等走到跟前，它们就警觉了，呼啦啦的一大片，飞升而起，望南远去了，"嘎咕嘎""嘎咕嘎"，在秋空中撒下声声叫唤，无限凄凉。

31. 孤独的狐狸

那年过年的时候，黄昏了，我在家里摆弄着眼看就要能燃放的鞭炮。我父亲从外面回来，有些神秘地说，外面有一只狐狸。

呀，狐狸？狐狸长什么样子？我还从来没见过狐狸！我赶紧跑出去看，噢，看见了，那就是狐狸呀，它在不远处的西边勾着头看我家。

狐狸是想抓一只鸡过年吗？可我家已经没有鸡了。狐狸悄悄站了一阵儿，绕走了。

……

32. 寂寞的行者

一天，院里进来个上了些年岁的人，来到门口欲进，见只我一个小孩在家，就停住脚立在门外说：娃娃，把你家的水给我喝一碗哇？我让他进屋喝，他说不啦，你们家大人不在，我就不进去了，你给我端出来，我喝了就走呀。

我倒了一碗开水（不久前家里添置了一把竹编外壳的宝贝暖壶）端给他，他坐在房檐下倒扣着的石碓臼上慢慢喝完，把碗还给我，想说什么又没说，看了我两眼，含着感谢的意思，站起身走了。

我不知道他是从哪里来，又要到哪里去。然而有那么好些年，我多次想起过他，我感觉他不是一个普通的农人，更不是一个乞讨者，他是一个孤独的旅人、一位寂寞的行者。

33. 温顺的母牛

那是童年时唯一喝过一次牛奶的记忆。

父亲给队里做木工活儿，打牛车，我跟着玩耍。

一头母牛下了小牛犊，两个饲养员熬了半锅奶茶，他们喝，也叫我们喝。我喝了三半碗。

牛犊犊还没喝呢，我们先给它喝了，真是对不住它。

牛妈妈疲倦而温顺地看着我们，好像也没有责怪我们的意思。

回家后爷爷说，牛生下来就是帮人受苦的。

好久好久以前，上天造好了人，而后让一个神给人做布置：三打扮一吃饭，意思是让人一天里三次睡觉休息，一天里吃一顿饭。这个神却布置错了，布置成了三吃饭一打扮。上天发现了，怨这神：一天吃三次饭，人能挣下了？你下去帮人挣哇！这神就被罚做牛，世世代代帮人受苦。

唉，苦了这人，也苦了这牛。

34. 狂奔的烈马

队里养过一匹枣红色的威风凛凛的公马，浑身油光闪亮，鬃毛又浓又长，那是一匹我见过的性子最暴烈、体态最雄健的马！

那匹马只有车倌儿出身的饲养员三叔勉强能够管理，再没有第二个人敢靠近它半步。当它偶尔挣脱缰绳满村子里横冲直撞狂奔时，所有静止的风景全部被它枣红色的火焰点活，我们远远地看着，害怕得喘不过气，刺激得喘不过气。

三叔很爱护那匹烈马，给它喂最好的草、最好的料。他还很会画马，手指头在沙地上勾勾画画，几下子就能画出那匹马的威风来，孩子们围成几层圈儿看他画马。

那匹马不久被卖到别的地方去了，卖到什么地方去了呢？我不知道。哪天去问问三叔吧，他还健在呢。

35. 肉挠骡子

"骡子驾辕马拉套，车倌儿戴的牛屎帽"，队里养过一匹非常优秀的驾辕骡子，不单车倌儿钟爱，谁看见也钟爱，人们叫它肉挠骡子。

爷爷曾经借用过一回生产队的肉挑骡子，去油坊壕拉了一车树叶，我跟着，我还曾经骑上它的背，它也不恼。

那是一匹好骡子，力大、稳当、活泛、又快、通人性，就是不会说话。

骡子因为没有生育能力，不能直接繁殖后代，人们便骂它，也借它骂人。

为什么要骂它呢，人难道就比骡子强吗？这世上不如骡子的人不知道有多少。

36. 两行字

外面很冷，还刮着黄风，爷爷领回一个以前也来过一次的老人。生了火，烧了水，爷爷给那个老人端了一碗，他自己倒了一碗。他们要去外地参加劳动改造了。我趴在炕皮上用爷爷写汇报用的蘸笔蘸着墨水随便写画。那老人便扭过头很欣赏地看我，又问爷爷：这是你孙子？会写字？写几个我看看。

我想了想，便写了一行刷在民校墙壁上的标语："把无产阶级文化大革命进行到底。"看见他没什么表情，就又写了一行："阶级斗争，一抓就灵。"我以为这个老人这回要夸赞我了，不想他瞅了一眼，一言没发，拿起爷爷的旱烟锅闷头抽起来，什么话都没再说。

当时我不理解，一点儿都不理解。

多年以后，我才理解了，理解了那位老人当时的沉默。身处非时，那天的那两行字带给他的一定是无底般的失望。

所幸，1976 年 10 月，"文革"结束，阶级斗争也才不抓了。

听爷爷说，那位老人是知识分子，曾被日本人抓去当过一段时间的翻译还是什么的。

37. 年味

进入腊月，孩子们就盼着过年了。

从腊八到二十三，就可以掐着指头盼了。

六天，五天，四天，三天，两天，一天，过年啦！

窗户新糊了，家里打扫了，院子打扫了，红对子一贴，太阳一点一点慢慢落下去，明灯笼就可以挂起来了，放大麻雷，放小鞭炮，大人嘱咐我们不能大声说话，在静悄悄的充满年味的夜里，迎来最后的高潮——吃年夜饭。年夜饭吃罢，大人收拾完碗筷睡了；娃娃舍不得睡，最后瞌睡得不行，也睡了。

正月初一早晨起来，第一件事就是赶紧跑出去拣炮仗，拣到长的最好，拣到短的也不赖，偶尔会拣到一个完整如新没有炸裂的，则得了宝一样捧回家。面对已经过罢了的年，既满足，又可惜，摆弄那些红红绿绿大大小小的残炮仗，回味着年的气息。十天半月以后，先挑最次的炮仗拆开来，仔细看炮仗纸。里面那些零零碎碎的字画，引发许多神秘的联想。

年味迅速散去，灯笼挂一晚上第二天就收回凉房，哪能费起油呢？红对子贴几天就被风扯得七零八落，初一初二来了人端出糕圈圈让一让，初三初四就倒成空滚水，没几天光景，年味就散尽了。

38. 春羊羔

天气转暖了，青草努出来了，春黄风减小了，枯草也吃完了，羊群开始攆青了。

攆青的羊，嘴唇紧贴住地皮杵倒头一个劲儿往前跑，跑着去追赶前方那一层吃不到嘴的绿色，饿不死，跑就跑死了。

最艰难的是那些产羔母羊，一张嘴供不上两个胃，说不定哪时就没奶了，说不定哪阵儿就一跤跌倒再也起不来了。

春羔羔留在羊圈里，不到半后晌，晚安，晚安，有气无力地叫成一片……

39. 布谷鸟

"布谷，布谷""布谷，布谷"。春暖以后，草绿了，树绿了，在绿草绿树之中，传来布谷鸟好听的叫声。

可是很少能看见布谷鸟，布谷鸟应应景，叫几天就走了，走到不知什么地方去了，一年里再也看不见。

是谷物长得不好，布谷鸟叫几声就走了吗？

还是布谷鸟不认真布谷，谷物就长得不好呢？

40. 燕儿

燕儿来了，春天就来了。

是春天带来了燕儿，是燕儿带来了春天。

燕儿追寻人气，在人的家檐屋宇筑巢，与人同呼吸、共快乐。

那时候，人过得那么清贫，屋子住得那么土旧，燕儿却年年去，年年来。

现在，村里住的人没几户了，燕儿自然也就来得少了。

一对燕儿结为伉俪，春暖了飞来北方繁儿育女，秋凉了领着一窝孩儿回去。爷爷奶奶说，燕儿们回去时必须穿越一道艰难危险的大湖，飞到当湖的老燕儿筋疲力尽难以为继时，儿女们会双双衔一根草棍儿，让燕父燕母站上去歇口气儿，这就能过去了。

这燕儿，几千里一路飞来，几千年一路飞来。

41. 喜鹊

喜鹊叽叽喳喳、叽叽喳喳，挑村中最高的树建窝。可是，能爬大树的顽皮孩子还是会爬上去拆它们的窝，砸它们的蛋。

黄鹂鹃自己不会垒窝，它们抢夺喜鹊们垒好的窝，鹊巢鸠占。

每年的七月初七那几天，很少能看见喜鹊，人们说喜鹊是给牛郎织女搭桥去了。等再看见它们，浑身的羽毛的确少多了，也不叽叽喳喳乱叫了，大役告罄，人间归来，碰见个别没去的同类，悄声说几句话，告诉它们天宫中的新秘密。

不知喜鹊现在是否还年年去搭桥，不知牛郎织女的爱情是否还在坚守。

42. 鹰的记忆

鹰在那么高的天空中，轻悠悠地飘来飘去，飘来飘去。它锐利的眼睛，观察记录着下面的游戏斗争：棒打虎，虎吃鸡，鸡吃虫，虫吃棒，以及那些拿着棒的人。

43. 捞山药

天好久不下雨，庄稼往死旱。等着盼着，突然雨就下开了，几天几夜下得不住，低洼处的庄稼全淹泡在水里，人们望洋兴叹，这一年又全靠公家的救济粮了。

莜麦、糜子、高粱、玉米，这些作物还没上好籽，等水下去以后，能有多少是多少了。

要紧的是往出捞山药，捞得迟，就沤在地里了。

社员们男的女的、老的少的，挽起裤子，赤脚片子踩进泥糊糊里一颗一颗往出捞，捞出来堆成堆。等收工时各家各户分了，一人担一担，急急忙忙往家里跑，回去炒山药条条或蒸山药丸子或干脆就吃烧山药哇，家家户户到处是一股臭山药味。

油菜正开花，在水面上露着几根黄梢梢，一只黄蜂刚刚飞走，又一只黄蜂如约而至。

"嘎哇——，嘎哇——"，"嘎哇——，嘎哇——"，癞蛤蟆的好时运来了，蛙声四起。

芦苇茂盛，水红花疯长，蒲草结出了好看的蒲棒棒。

毛虫虫化蛹为蝶，穿罩起各色各样漂亮的花衣裳，一时三刻就学会了搞对象，出双入对，爱情坚贞，歌云唱雨，漫天飞舞。

44. 掏猪菜

到夏天，猪就能吃上鲜菜，蜕旧毛，换新毛，浑身变得滑亮亮的。大人们亲切地抚摸着猪背，隔几天就捏捏猪尾巴根，看看长成了一指膘，还是二指膘。

这些膘是菜膘，是靠吃菜长起来的；而猪菜，就靠我们这些小孩子们去掏。颏颏菜开着蒲公英花，鸡蔓蔓开着鸡冠冠花，苦菜和甜苣的乳汁很容易黏手，羊耳朵片虽然肥大猪却不怎么爱吃。

连根带土掏起的猪菜，倒在水沟里一洗，土去了，菜活灵灵的。

本村里的猪菜不好掏了，我们常跑好几里路到外村掏。那儿有一片很大的草滩，我们耍水，打仗。

偶尔会有一架喷气式飞机从空中掠过，留下长长的白尾巴，惹得我们抬起头瞭望半天。

有的大孩子在大队民校里念书，比我们年级高，会唱歌：蓝蓝的天上白云飘，白云下面马儿跑，挥动鞭儿响四方，百鸟齐飞翔……

外村里有个疯子，被关在一处独门独院里，拿铁链子拴着。我们远远绕过，不敢去看。

45. 挽糜子

南梁的糜子熟了，麻雀一片一片罩在糜穗子上，秋老鼠成群结队抢着搞冬储。队里号召社员们能出工的都出工，小娃娃也可以带上，能挽多少算多少，中午要集体杀羊。

受大人们的鼓动，我也跟上父亲挽了半天糜子。

我们来到糜地边上的时候，已经来了一些社员，他们坐下等着。我们也就坐下等着。等了好一阵儿，阳婆高起来了，人逐渐来齐了，有的人还睁着瞌睡眼，腰来腿不来的。

队长他们先数好了糜垄子，又数好了人，来回计算两遍；然后分派任务，分到任务的人就蹲下身挽上走了。队长身后跟的人越来越少。

人们都不怎么说话了，埋头挽糜子。

地头很长，大人挽三垄，小孩挽一垄。我先挽得很快，跑在了大人头前，大人看见失笑，不多一阵儿就落在后面了。一落一远，只好叫大人捎上挽了，就那也累得不行，挽三步歇两步，好不容易挣扎到了地头边上。早有许多年轻力壮一趟子就完成了任务的大后生们坐在那儿了。

后面的人们不紧不慢也陆续挽过来了。

自自然然地坐下一大片，坐下歇晌。

有打闹的，有说笑的，一只旱烟锅你抽完他夺走在人群中转半天才回到原主人手。

动弹哇动弹哇，时分不早啦，队长吆喝起众人。人们折回头把挽下的糜子捆成捆，也就响午了。

饲养员三叔当的大师傅，用担水桶焖的黄米饭，大人一大碗，小孩一小碗，肉没见上，分了一勺汤，吃完饭回家，后响统一不出工了。

46. 高粱

我们那儿原先没种过高粱，我也从来没见过高粱。

那一年上面给调拨下来一批救济粮，是高粱米，看见米粒那么大，颜色又好看，稀罕得不行，做在锅里急得等不上，一口吃下去才感觉到不好，再吃一口还是不好，太涩，没味道。

后来有些队就种开了高粱，种一种上面要求种的据说产量高的反修高粱。

那反修高粱日月太大，适合在南面种，在我们这地方熟不了，瞎闪了两年籽种，后来不种了。

反修高粱是高粱家族里具体一个什么品种，我不甚了然。

它怎么会戴上这么大一个政治帽子？许是出于偶然吧，因为没听说过有其他农作物戴上政治帽子的，比如反修玉米、反修萝卜、反修麻子、反修大豆。

47. 板冬花

大约是 1975 年吧，记不清准确时间了，我们生产队里，一群秋收以后本来已经闲下身的社员突然又集中起来，顶风冒雪大干苦干了若干天，挖土垛墙围起四四方方一个大土园子，郑重其事地种上了一种队长头脑一热不知从哪儿引进来的据说会在冬天里开花能卖上好价钱的稀奇药材，药材的名字叫板冬花。板冬花园子自从种进去板冬花以后，就派有专人看管，严禁小孩子们进去掏猪菜或者玩耍。

板冬花园子跟前住着两户人家，一家阶级成分好，一家阶级成分不好。阶级成分好的是贫下中农，住在园子东边；阶级成分不好的是富农，住在园子西边。住在园子西边阶级成分不好的就是我家。

板冬花园子里种进去的板冬花一直长得半死不活，可是园子里的野生苦菜却长势旺盛，不过我从来没敢进去偷掏过苦菜。有一天，年龄比我大几岁、胆子比我大几倍的一个叔伯二哥来我家串门。趁大晌午没人走动的时候，我俩提着个猪菜筐跑进园子里掏苦菜，刚掏了几把，听见"呔"一声喊，抬头一看是贫下中农家的二女子，吓得我们一蹦子跑掉了。回家放下猪菜筐定了定心后，我二哥说他看见那个喊喝我们的二女子提着筐子，是不是她把我们喊跑以后她进去掏上了？我们俩折回板冬花园子那儿，果然看见她正埋头掏苦菜。我二哥也"呔"喊了一声，胆大的他和胆小的我一齐看贫下中农二女子有什么反应，结果她不慌不忙站起来说：呔什么，是队长叫我们家掏的。听见是队长叫她家掏的，我们就泄了气，扭转头回家。

板冬花园子里种进去的板冬花，活是活着，可是老也不开花，老也长不成药。队长种药卖钱的十分热劲儿先是自降一多半儿，等下剩的热情也散完，没人再去管板冬花的死活以后，那园子忽然又改变用途繁育了杨树苗子，杨树苗子倒是长势旺盛，可是苦菜又不好好儿长了。

好多年以后才知道，那会儿我们生产队里围起的那个板冬花园子里种的板冬花，准确学名其实叫作款冬花，应该是我们那儿的人读走了音，把款冬花读作板冬花了。

48. 套雀儿

冬天，下雪了，最快乐的事是可以套雀儿了。

去社房马圈里拣回马尾。

扫开一块雪地。

下好套儿。

撒了秕谷。

躲开来等着吧。

有点儿像鲁迅先生小时候一样，效果却比他用竹筛好，一套就能套住。

或许是北方的麻雀比他们南方那里要多吧，或许是这些生产队里的麻雀，比人家大先生小时候那会儿更饿吧。

49. 异相

有一天快晌午的时候，大人们还没有散工回来，我一个人在院子里，看见空中无声无息地停着一架半大不大的机器。机器的侧面有个表针一样的摆件，摆件不停地转呀转，每转到一定时候，就"啪"地释放一声，再接着转。我抬头看了半天，直到那机器忽然之间无声无息转瞬而逝。

有一天黄昏，我还看见西边太阳沉落的方向，有一架神秘的灯笼，无提无举，慢慢沉下，又上升，再沉下，再上升，反复不已。

又一天黄昏，我看见西油坊壕那儿，有几个挥枪舞棒的小人人，身段灵巧，腾挪跳跃。他们像是在演习武艺，点到为止，互不伤害，根本就不是我们村子里的孩子。

世界之外，难道还有一个世界吗？我把我看到的这些说给大人，他们谁也不相信。

50. 公社圪台

我很好奇地第一次跟我姑舅哥去公社圪台。我想象中的大地方却冷冷清清，围墙上刷着很大的白字：打倒某某某！

听老人们说过，圪台上曾经有过一群庙宇，住持喇嘛挺有名，懂医术，给周边的蒙古族人和汉族人看过不少病。

可是老喇嘛早就叫批斗死了。

庙宇也早就叫拆光了。

圪台上静悄悄的，看不见一个人。

也听不到鸡鸣狗叫。

回吧，没什么看头。

我姑舅哥告诉我，咱公社有个李书记，会写小说。

我感觉小说很神秘。

我还想，以后，我也要写小说。

51. 阿镇

其时阶级斗争的风声已不怎么紧了，和我父亲同龄的一些人，一些成分好的人，不管是姓韩的还是姓王的，都恢复了往日的一些情谊。他们要去阿镇，因为果园里有一个乡亲，不知怎么要领着父亲一起去，而我父亲也同意了领我一起去。

他们赶着生产队里的大轱辘胶车，一匹骡子驾辕，两匹马儿拉梢，一路说笑着，兴冲冲地去住了一夜，第二天回去时都显得有些落寞。

那乡亲是一位厚道的长者，宿舍的门坡前种着三五株西红柿，他挑红熟的摘下来，给每人吃一颗。谁也没见过个西红柿，吃第一口时觉得不好吃，可是第二口就感觉好多了，而吃过以后才感觉口有余香，回味无穷。赶大车的三叔悄声说，这个东西好稀罕，跟前再有种的没？咱们换上点儿吧？我父亲没作声，另外两个人则赞同说，换上点儿，换上点儿。长者悄声说，有了，我给你们出去打问。等他打问回来以后，他领上三叔，两个人又出去走了一趟，抱回满满一筐西红柿来。第二天往回返的路上，吃了半筐，剩了半筐，每人回来分了好几颗，家里人都是头一次吃西红柿。

那天他们是用什么东西换回来一筐西红柿的？我没看见，

不过肯定是马料吧。

第二天临走前的上午，几个人出去逛了一趟街，从阿镇的城东头直走到城西头。半路上，我父亲领我进国营食堂买了几颗馒头，一颗五分钱，给我塞进衣兜。国营食堂西面是国营百货，父亲又进去给我买了一辆玩具汽车，九毛九分钱，在当时也算个稀罕的大件。

那时候，谁能想得到，我们这些农家孩子，尤其是地主富农家的孩子，后来还能住进阿镇城里，开上真的小汽车，在城里城外跑。

52. 难忘的小人书

家里有一本小人书，它是我唯一的一本课外读物，不知道大人们是怎么藏下来的。我上学识了些字后，他们拿出来给我看了，看完又收走了，不知藏在了什么地方；直到过年那天才满足我的要求，又给我看了，看完依然收走了。过了一两年，公社供销社里卖开了小人书，同学手中也有了小人书，父母才把那本小人书拿出来给了我。

那是一本《卓娅和舒拉的故事》，我看过无数遍的小人书。卓娅和舒拉姐弟俩的不幸故事，让我伤感了很久。

我的一个小玩伴有一本《半夜鸡叫》，我们交换着看了好多次。我的《卓娅和舒拉的故事》也影响过他吧？他的《半夜鸡叫》也影响过我吧？

后来，我又陆续得到了几本新出的小人书，《小兵张嘎》《小英雄雨来》《董存瑞》《金光大道》，我都看过好多遍。

多年以后，是邓小平主政的时候了，世事发生了很大变化。我去旗里的新华书店，在减价书柜前看见《金光大道》的原著。那么厚的两大本，仅售两毛一分钱，买下来翻了翻，虽然是很不耐看的废品了，还是暂时留着做个纪念吧。

53. 擦肩而过的 《红楼梦》

我跟我父亲到东胜城郊的一位叔父家住了一晚上，那是我第一次出远门，到大地方。第二天临走前，在他们家发现了一本叔父正看着的厚书，叫《红楼梦》。我拿住看了两页，是一个女孩子来要鸡蛋吃，又争嚷起来的情节。我还想看下去，可已经是该走了，只好放开手。

能再次亲见《红楼梦》这部书，已经是上高中了，却没来得及细看。

成年以后，多次阅读了这部书，逐渐感知其伟大：是一部古今中外再莫能有的千古绝唱。

现在，在键盘上敲击这几行字时，又翻看了一下童年时在叔父家读过的那两页文字，第六十一回，司棋为吃鸡蛋，和柳家的吵吵闹闹了一场。

童年那会儿要能读到这部书该有多好啊，可这机会却很遗憾地擦肩而过了。

54. 空空落落的书店

还是在那次，我跟父亲第一次去东胜；跟父亲去东胜，其实也只有那一次。

我们路过新华书店，在已经走过新华书店的门口以后，父亲又折转脚步，我也跟着他折转脚步，进书店里面站了一会儿。有两个售货员，坐着说话，看见我们进来，其中一个就站起，在书架前稍微走了两步，可能知道我们也不买。

书架上空空落落的，稀稀拉拉地摆放着几册红色书皮的《毛泽东选集》和棕色书皮的《马克思恩格斯列宁选集》。

第一次进书店，除了好奇和惶惑，则是出乎意外的失望，这就是专门卖书的书店吗？书咋就那么少呢？还想再多看一会儿，然而父亲他们（好像还有一两个人）匆匆地既爱又怕似地拧转身往门外走了，我恋恋不舍，也只好无奈地匆匆拧转身跟着他们出了门。

好多年以后的现在，那儿还是书店，不过已经扩建，书很多，买的人也很多。

社会就这样进步了。

55. 搭车

我和父亲从东胜往回返时，叔父和城里一个认识的卡车司机说好了，空车，顺路，让我们搭一程。

我很高兴地等待着，等待着能坐一回大汽车。

车开动时，叔叔不在身边（他咋就不在身边呢?），那司机忽然改变了主意，不同意让我们坐了。司机的儿子在驾驶室里挥舞着小拳头叫嚷:"不让坐! 乡巴佬，滚开!"

父亲没再说什么，沉默地领着我走开了。他默默地走在前，我默默地跟在后，农民能吃苦，农民的儿子也能吃苦。天黑时，我们走完了好几十里路，回了家。

好多年以来，与"城里人"的隔阂，再也无法消泯，虽然我现在也已成了半个"城里人"。

后来喜爱阎连科先生的作品，感触最深的就是那种刻骨铭心的城乡对抗。

56. 千元大礼

姨姨来串门，给母亲讲述他们队里新近发生的事：有一家人的女儿人长得漂亮，对象找到了东胜城里，好像是男的有点瘸还是有点哑。办喜事那天，请来的亲戚挤下一屋子，人家大汽车来娶，女子突然改变主意，死活不嫁了，把两家大人为难得没办法，这可咋办呢？这可咋办呢？

也不知是谁最先想出的主意，反正是最终解决了问题：经过一番说服教育，他们把二女子梳洗打扮聘起身。二女子比大女子还漂亮，婆家人高兴坏了，当着送女亲亲的面给了二女子一千块钱一个存款折子——一千块呀，那会儿听见是说天书。

57. 看电影

那时的电影，咋那么吸引人呢？

听说我们公社放电影，家在漫赖的我的几个本家弟兄跑了十几里地来到我家，我们又跑了十几里地到公社去看电影。

电影还没开演，我父亲把我们领到公社食堂，看有没有点儿吃的。在公社食堂做饭的人姓王，我们一个队的，他从橱柜里端出一碗结结实实的米饭。我父亲没怎么客气地接过手，给几个侄儿分开，用水泡着吃了。

那晚的电影是《奇袭白虎团》。

许多年过去了，现在大家都可以从电视上看电影了，我却不爱看了，早就不爱看了。

非但不爱看电影了，我连电视也不爱看了，仿佛得了一种奇怪的厌视症。

我的那几个本家弟兄，他们或许还在看吧。

58. 榆树

我爷爷年轻时栽过一洼榆树，有几十苗的样子吧。

农业社成立时，榆树收归集体所有。

农业社分拆时，我爷爷想分到其中一两苗，但抓阄时没抓到。

我爷爷就掏高价从别人手里买了一苗。

我爷爷常去看一眼他买回的榆树，有时还用粗糙的手掌去摸摸粗糙的榆树。

我爷爷现在已经去世了，那榆树还在。

59. 果树

老家在南面，一个山湾湾里，适合长果树，枣树、梨树、苹果树，经年累月地长。

以粮为纲斗私批修的时候，贫协主任领着人砍果树。老舅舅人老了，抱住最后一苗果树不放：你们给我留下一苗哇，留下一苗——贫协主任拉不开他，老舅舅和果树一起跌倒，贫协主任受到了奖励表彰。

生产队一拆散，老舅舅又动了种果树念想，但他和其他人一样，眼睛看着，嘴上说着，谁也不敢先动手。

贫协主任带了头，几天光景栽起几十苗果树，成了山湾湾里第一个果树栽培专业户。

作为典型户，常有上面的领导来参观，报纸和电视也对他做过多次报道。贫协主任骄傲地拍着胸脯说：嗨嗨，咱这些人，多会儿也站在潮头上！

60. 姨夫的歌声

现在想来，姨夫那时候多么年轻啊，刚刚二十出头。

但当时我俩走在一起，他是我心目中的大人，我是他心目中的孩子。

姨夫是个很爽朗、很英俊的人，从外祖母家到我们家，一路上唱个不停：嗨，山也笑水也笑，毛泽东思想照耀，总的路线好哇，咪啦啦啦咪啦啦，咪啦啦啦咪啦啦……

明沙梁上稀稀拉拉地摇曳着几株旋来转去的灯香草，风吹出一摊年代久远的碎陶片，我试图把它们拼接成一个完整的形状，却根本无法完成。

日月追逐。

四季轮转。

记忆中的大风早已成为记忆。

光秃秃的山梁山峁开始著满绿色。

许多年过去了，许多事过去了。

子在川上曰，逝者如斯夫。

村里人

1. 豆眼

兰大个儿长着一对很小很小的眼睛，说话时，尤其是和人做买卖时，眼珠子骨碌碌地转动。谁和他打交道，一不小心，就会被他算计了去。

有人给他起了个外号叫"豆眼"。

豆眼的侄儿在乡镇上开门市，豆眼去赊货。他将账记在自己随身揣的小本本上，对侄儿媳妇说："你看上一遍，对不对？省得你留住。"媳妇说："不用看，你留住就行了。"

过半月，豆眼去销账。豆眼打开自己的小本本，用手遮牢，对侄儿媳妇说："我考考你的记性，你说哇，有哪些货？"

媳妇便数说："一条烟，一瓶酒，还有，还有三斤糖？"

豆眼就连忙合上小本本装进去，满意地点着头说："对的，对的。哎呀，还是你们年轻人好，好记性，好记性。"

其实，是三斤半糖。

豆眼有烟瘾，常揣着烟，无人时掏出来点上，有人时蹭着抽别人的。村里人说，在他们的记忆里，只记得豆眼抽他们的烟，不记得豆眼给他们抽过烟。

冬天是做事务办喜事的旺季，村里人张家聘李家娶，有时人们出于无奈也会请了豆眼，其实没几个人愿意请他。

豆眼去了以后，总提一小提包，拉链拉得紧紧的，尿尿时也挎在胳膊上。

豆眼爱喝酒，假若喝到十分时要吐酒的话，他只喝到九分，任凭谁好说歹劝，他也再一口不喝。当然，如果只喝到八分便散场，只要还有酒，他必要想方设法争着再喝·分才罢。

一次，亲戚们好不容易使他多喝了半分，豆眼终于闭上他小小的豆眼，胳膊上牢牢挎着他的提包，抱在怀里睡着了。人们拉开他的提包，有一瓶酒，三盒烟，另有几盒不满，也有装十根八根的，也有只装三根五根的。谁也不知道这些东西是怎么从桌面上跑进他提包里的。

2. 憨叔

憨叔姓憨，性亦憨。

憨叔订成憨婶的第二年，七月十五日去搬叫憨婶。

半路，媳妇按着额头说，我怕是感冒了，头烧，你揣看？

憨叔说，感冒头烧我知道了，还用揣？

媳妇说，熬下了，歇一阵儿吧。你过来，我脖子里钻进一个牛牛，你给我看看。

憨叔摇着膀子说，你抖，它就出来啦。

歇罢，媳妇说，我手上扎了根刺，你把像章牌牌摘下，用别针给我挑挑。

憨叔就摘下，过来捉着手给挑，却找不见，再细细找，还不见。媳妇说，可能扎得不深，触得跑了。

憨叔这才头一回挨碰了媳妇。

"他这辈子就是个死心眼儿。"憨婶笑弯了腰，给我说。

憨叔心实，常吃亏。

去年，憨叔第一次吃方便面。干吃，说好香脆。

亲家嫂对他说："那小袋袋里的最好吃了。"

憨叔就撕开那调料包，仰起头，一下子全倒进嘴里，刚一吧咂，哎呀呀吼叫起来。

憨叔养了三十只羊。春天，来了收税的，每只羊收五元。

收税的拿笔敲打着票本给他说，我把票给你开成二十只，你按二十五只的钱给我，行不行？

憨叔执拗地说，按二十只开票我就给你二十只的钱，咋能给你二十五只的钱？不行。

收税的给他解释不清，生了气，唰唰唰按三十只开了票，结果憨叔实捣实交一百五十元，人家走罢以后他才慢慢醒悟过来，白白后悔了半个多月。

有一次，憨叔到乡上开个介绍信。临走，憨婶给憨叔装了盒好烟，嘱憨叔要记住给人家敬烟。

憨叔记住了，敬了一支，那人抽过，也就写好了。

憨叔又敬一支，那人瞥一眼桌上的空啤酒瓶，摆手说："不抽啦，口干得……"

憨叔却没解开这话的意思，坐着不动。

那人等了一会儿说，今天公章不在，你明天来取哇！

第二天，憨叔又来回跑了三十里路，误了大半天工。

3. 福明

福明是村里出名的胆大人，背死人，杀骆驼，打狐子，捉蛇，都干过。

福明是村里出名的直人，见不得歪门邪道，不爱拍马屁溜钩子。

柳沟村人有个习惯，或逢年过节，或红白事务，或杀猪的时候，总要品兑着让村长隔个一年两年来家里吃上一顿饭。

可福明自成家后，娃娃也八岁了，还没请村长吃过一次饭，所以有些好事就离福明越来越远。比如去年旗里头人打起旗号来扶贫，几袋子几袋子的化肥白送上门，福明当时就根本不知道。

福明非但不抬举村长，还常爱找村长的茬儿。地质队的来村里放炮做勘探，损坏了一些树木庄稼，临走放下三千块钱让分给村民。村长将这钱压了后，别人只不过在背地里私吵，说众人头上的东西，轮到谁也没多少，算了吧算了吧，而福明则当众指住村长骂："你好吃难消化！"

村长就视福明为眼中钉，他觉得福明已成为他的心腹之患，他这官船儿，说不定哪天要翻在福明这愣小子手里——必须把这小子摆平。问题是咋往平摆？打？骂？都不合适。村长非常头疼。

村长在慢慢寻找着机会。

柳沟村今年通电后，村里要选一名查抄电表收缴电费的电工，要在有初中以上文化的人里筛选。

扑抢的人很多，害得村长家的狗把嗓子都咬岔了，一个多月定不下来。

就福明没跑。作为村长的死对头，他跑还不是白跑？谁都会有当上这电工的可能，唯独福明不会有，这是人所共知的道理。

可最后的结果全村人没想到，福明更没想到：因为争分不开，村长左思右想后就做出了一个很毒辣的决定："干脆把狗的福明小小闹起哇！"

扑抢的人就都心平气和了，他们佩服人家村长在选用电工这件事上的肚量和公道。

福明就光荣地当上了电工，被村民们妒羡地称为侯电老虎。

村长呢，后来因此上过《廉政报》。

福明当上电工以后，几个要好的朋友马上凑了一顿酒肉庆贺了福明，他们也烧烫着让福明请人。那天福明转出去收电费，村里最自私最小气的豆眼竟然给福明掏了一支烟。后来福明来到梅梅家。梅梅家没钱，要赊欠，说等男人挣回钱再给，福明答应了，梅梅就很感激地给福明笑了笑，还笑得有些闪闪烁烁。

福明的心情就开始转化，他觉得柳沟村的山也一下子比原来可亲了，水也一下子比原来可爱了。福明知道，自己的好心情来自村长。福明就想还一还村长的人情，不还不舒服。适逢一个阴雨天，福明就备了一桌，恭恭敬敬把村长请到家，又叫了几个三朋四友作陪。

福明过去从没请过村长，人直，对村长的一些做法也很看不惯，满脑子意见。现在村长就面对面和他坐在自家炕上，福明才感到村长其实很亲切。

福明于是在一种亲切的气氛中和村长他们喝酒。

福明敬三盅，村长他们喝三盅。

村长他们喝三盅，福明陪三盅。

后来福明老婆敬，娃娃敬，爹娘敬，三朋四友敬。没等村长醉了八分，福明倒先醉了十分。

福明醉了以后，脑子里颠三倒四，不知咋的就和村长言语冲撞了起来。他一时竟然忘了自己刚刚当上的电工身份，忘了今天主要是招待村长感谢村长，先前那些谦恭言语和感激表情不翼而飞了，村长的形象在他迷离的眼中变得隔膜起来……后来，福明的脑子里就挤满了一件事——

这几天，柳沟村的村民们正做义务工，修路呀，打坝呀，总之是公益事业。这是好事，可迟不做早不做，年年偏要放在秋头子上做。秋头子上人忙，能出工的没几个，只好年年交钱。老百姓有怨气，但在村长面前照样笑眉笑眼，没有谁敢当面顶撞，没有谁肯出面反映给乡上。这事南方也有，《焦点访谈》上就暴露过。

福明想到这儿，满腔怨愤地对村长说："义务工收钱太……太剥削，柳沟村再要闹共产，操心共你！"

"剥削？共我的产？"村长立时放下脸，蛮横地指住福明眼窝："爷爷我就是靠共产起家的，哼，你小小还把我的毯咬下呀？"

这时就有一股怒气直冲福明的脑门，福明的嘴巴像搂了火的机枪叭叭叭打出一串话来："干脆我今天为民除害了吧！"一将袖子跳起来，一手攥住村长的衣领，另一手"啪"一个耳光抽到村长脸上。

村长挨了福明耳光后，八分酒醒了一半儿，他诧异地盯着福明。

福明打了村长耳光后，十分酒也醒了一半儿，他猛然记起这是自己当了电工后感谢人家村长的摊场。

福明傻愣愣地看着村长——他看见村长眼底有两团火向他逼来。

福明心里害怕了。

福明虽是个胆大人，可也真的害怕了。

福明害怕丢掉电工的差事。

福明低下头，悔恨万分地看着自己那只闯了祸的手掌：这是我的手吗，刚才我的脑子哪儿去了？

"就你这双贱手还能当电工？哼！"村长冷笑着跳下地要走，福明娘哭了，福明老婆也哭了，她们一人拽住村长一条胳膊让他再咋也吃了肉再走，而福明则吓得木桩样立住。

福明木桩样地立了一会儿后，终于动了，他满满倒了一盅酒，扑通跪在村长面前。

等福明爹娘一递一句将福明好一顿数落，福明的三朋四友将福明好一顿数落，福明老婆将福明踢了三脚，福明的娃娃也吓得嚎成一团时，村长终于接住福明高举过头顶的酒盅重新坐上炕：

"福明，你们看见我收众人两个钱害眼红了？我这个村长是不是给你们众人当的？你们站着说话不腰疼，谁不当家谁不知道当家的难处，那些钱收回来尽我花啦？民校烂了不修行不行？上面来人不招待行不行？往出花钱你们狗的看不见！"

村长问一句，福明连忙应一句，说是了是了，顺便连连点头；说不是不是，顺便连连摇头。

等福明双手给村长点了根烟后，村长语重心长地对福明说："……当然，咱都是几辈子的老邻居，说句掏心窝子话，沾，我也免不了得沾些儿，谁无利肯早起，哪个猫儿不吃荤？只要挨奔在槽道上，换上谁也差不了多少！福明，你刚开始做事，脑子还是个死疙瘩，慢慢往活泛磨哇。"

福明紧悬的心总算放了下来，他重新感到了村长的亲切。

后来福明老婆往上端饭。

福明爹和娘反复念叨：人家你叔叔说得对的么，人家你叔叔说得对的么，以后可好好儿听你叔叔指教！

福明的三朋四友也纷纷点头说：对的，人家村长这个话确实对的。

村长就审视着福明。

福明七窍很开地笑着点头。

再后来福明就陪村长他们喝了口汤，喝完汤就动筷吃肉。

福明的电工保住了。

4. 梅梅

论长相，谁也挑不出梅梅有什么毛病。

梅梅找对象时，生产队还没拆散。

明求暗追的很多，能揉进梅梅眼窝里的没几个。

梅梅最终选择了陈龙。

陈龙的父亲是大队干部，也是全公社有名的红人人。

陈龙是生产队的看管员，庄稼地瞅一瞅，树林里转一转，扯上一气闲话溜上一阵腿，不受苦，挣满分，主要工作就是防止人民群众的生命财产遭受阶级敌人的阴谋暗算。

梅梅过门时，铺盖是缎面的，板箱是带座的，装新衣裳还几身，手表缝纫机也有。公公还答应，收音机自行车也迟早要给买。

队里头的人一提起梅梅就说：看人家那家庭！

和梅梅一起耍大的姑娘们说：看人家那命！

梅梅的爹妈则眉舒眼展地说：算是跌在福窝窝里头啦！

天有不测风云。

梅梅过门后的第二年，生产队倒塌了。

生产队倒塌以后，人们埋头种了两年自留地，就都吃饱肚了。

　　然而柳沟村穷山恶石头，地皮儿不好，吃饱肚还得种地，种地也就是能吃饱个肚，很难再刨闹出个甚来。所以，政策宽了以后，年轻些的就纷纷进城搞副业，有当泥瓦工的，有当油工木工的，也有扎花圈糊纸火的，生豆芽子卖豆腐的，学开车跑运输的，顶神下马的，当平事埋人的，总之甚挣钱干甚，多半是城里人看不下的营生。其中有些人逐渐在城里踢开了门路，就干脆把那几铧子地一撂，带上老婆娃娃进城安家了。谁也没料到，当十来年后好多城里人纷纷下岗愁眉苦脸地搜寻个糊口的职业时，这些人已腆胸叠肚成了这经理那老板了。

　　陈龙当时没出门。

　　陈龙出门没手艺。

　　陈龙就是会转一转看一看。

　　陈龙也没有出门去学一门手艺。

　　陈龙受不了出门学手艺那份儿苦。

　　陈龙也不需要出门受那份儿苦，因为陈龙家底儿好。

　　梅梅就舒舒服服地和陈龙过着小家家日子。

　　梅梅给陈龙挨肩肩养了三个娃娃。

　　梅梅本来生活得有吃有喝很满足。可是后来，梅梅突然发现，那些经常出门在外的人，就是那些曾经妒羡过她的人，人家手表早已不稀罕戴啦，自行车早已不稀罕骑啦，一座座新瓦房冷不防就冒起来了，一辆辆新四轮车冷不防就开上了。

梅梅的心里就很难受。

梅梅的公公早就下台了。

梅梅家还是那两间土平房。

梅梅家除了地下那对板箱和炕上那架缝纫机外，再就是摆着几只大瓮。

梅梅家已是五口人了，可铺盖还是结婚时的那两套。梅梅他爹来串女儿家时，驴背上还得驮着自己的行李。

梅梅家的男人没吃过苦，不会做营生。

人家地上的粮一年比一年打得多，梅梅家地上的粮一年比一年打得少。

人家圈里的猪羊一年比一年肥，梅梅家圈里的猪羊一年比一年瘦。

梅梅的第二个娃娃也该上学了，可家里连报名钱也没有。

梅梅就回了一趟娘家，去见了一个邻居哥哥。

邻居哥哥当年要找梅梅，梅梅嫌他家穷。邻居哥哥如今在矿区开煤矿，挣啦，经常开上进口小车回家。

梅梅给邻居哥哥哭了一鼻子，求他给陈龙寻个做的，邻居哥哥一口应承了。

陈龙就走了煤矿。

陈龙走了煤矿以后，梅梅的心也跟上走了，做甚也不在心上。只要有顺路人，梅梅母子在家吃一顿糕，也要给陈龙捎几片子。

不过，梅梅总觉得生活又有了靠。

梅梅好几年没做新衣裳了，看见哪个婆姨穿了新衣裳，梅梅也不那么难受了。梅梅想，等陈龙过年回来，给我挣回钱来呀。

梅梅的大娃娃嚷上要买一只人造革书包，二娃娃嚷上要买一双胶鞋，三娃娃嚷上要买一把玩具手枪。梅梅哄他们说，等你爸过年挣回钱来，长短给你们买。

娃娃们天天盼。

梅梅也天天盼。

腊月廿八那天，陈龙回来了。

陈龙穿了一身新西服，还打着领带，提一只大提包，人也比原来白胖了，一看就是挣了大钱的样子。乍进门时，梅梅第一眼没认出他来。

梅梅就和娃娃们高兴地将陈龙和他的大提包围住，看着陈龙往外掏东西。

先掏出几瓶娃哈哈。

又掏出几根火腿肠。

再掏，就花花绿绿掏出一堆来，有烟、酒、香、对子、扑克、花炮、气体打火机上的充气瓶等。

再掏，掏出一身脏衣服。

再掏，没了。

娃娃们就把目光从提包里收回，忙着分吃分喝了。

梅梅看着高兴。

梅梅就高兴地问："挣回多少钱？"

陈龙说："煤矿上没好营生，太苦重。"

梅梅心里就掠过一些不安。

陈龙又说："营生也三天有了两天没。"

梅梅不愿意听这些，梅梅就想知道陈龙挣回多少钱来。

梅梅就又开口问："那到底挣回多少？"

陈龙叹了口气："出了门，不处交两个朋友也不行。"

梅梅就不说话了，梅梅低了头。

梅梅知道陈龙没挣回多少钱来。

梅梅就将陈龙的脏衣服按进盆里。

梅梅将手伸向陈龙："得买一袋袋洗衣粉呀，你给上我点儿钱？"

陈龙就有点儿起火："给你说了半天说了个甚，花完啦！"

梅梅就将脸背了过去。

后来梅梅趴在板箱上彻底嚎开了。

5. 郑二

生产队时的三九天，真冻呵。

荒原上，寒风中，马蹄声声，铃环作响，一辆拉炭胶车走走停停，吃力地爬一道大坡。车倌郑二挥鞭抽打，骒马们拼命拉拽，炭车终于爬上坡顶，人和牲口才都松了口气。

下坡时，两匹梢马的拉绳松松地垂在地上，辕骒的屁股使劲儿往后挫。郑二双手紧攥刹车绳，车轱辘发出刺耳的长声——吱咕！吱咕！吱咕！

郑二的炭车缓稳地下来了。

郑二是生产队里赶大车的，很威风，举一例说吧：秋天的社场里，一群男女社员正在做活儿，打的打，扬的扬。当装满糜个子谷个子的大轱辘胶车在叭叭响的长鞭声中一溜小跑进场绕了半圈儿，高高在上吆左喝右的郑二"吁"一声令下，嘎吱吱猛然抽死刹车磨杆，骒马们齐刷刷停步，郑二不慌不忙往下一跳时，满场人停住手脚，有些男人啊呀呀赞叹，有些女人的目光则直刷刷的。

郑二平时威风，出了门还有补助，人是人粮，马是马料，加上给牲口换掌呀，住旅店呀，背地里都有些活络处。所以才有这句顺口溜：骒子驾辕马拉套，郑二戴的牛屄帽。

入冬以后，郑二走石圪台给社员家拉炭。这一趟郑二是给自家拉的，车装得结结实实。

车虽重，路却熟，半个坡稳稳地下来了。

嘎嘣！

郑二猛然一个跟头滚跌下去——刹车磨杆断了。

瞎啦，郑二眼看要填车轱辘了。

却见辕骡刹那间爆发出一股神力，四腿如铁，死死蹬住地皮，将郑二一口叼起，脖子一扬扔出路边。

郑二还没爬起来，辕骡已扛不住炭车的下滑，不得不吃力地倒换着前移的脚步。

两匹梢马一边惊恐地回头往后瞧，一边顺着辕骡一溜碎步往坡下跑。

炭车的速度越来越快。

危险呀！

郑二瘸着腿往前奔。

咔啦嚓！

辕骡杆倒了，车辕死死压在它身上，炭圪垯哗啦啦直往它身上砸。

等郑二跑过来时，辕骡已经不行了，直喷粗气，浑身汗淋淋的，皮直抖。

郑二的心也开始抖。

昨天晚上，郑二住在炭路上一个相好的家里杀鸡吃；早上起来，郑二没给骡马们喂料，他把料都倒给了那婆姨。

套车时，骡马们咋也不听使唤，它们冲郑二呼呼直叫，刨蹄子，还用嘴蹭郑二。

"造反呀，龟孙子们。"郑二瞪着眼喊叫，又抽了它们几鞭子，它们才乖躁下来。

如今，郑二跪在辕骡跟前，双手抚摩着弥留之际的辕骡。

辕骡哀怨地瞅了郑二一眼，大眼眶里涌出两行热泪，死了。

郑二脸贴脸抱住骡头，捶胸顿足，放声大哭……

6. 宋家大嫂

宋家大嫂是个细人，过日子十分俭省，俭省到了吝啬的程度。

腊月里，卖炮的小贩挨门逐户走过，家家都买了一些。来到宋家时，大嫂一个也不买。

卖炮的问："家家户户过年都放炮，你咋不放？"

她回答："他们家家户户都放，我还愁听不见？"

正月初十那天，大嫂一个人在家守着窗户纳鞋底，猛然间，一阵竹板声在院里响起：

玻璃窗子玻璃门

窗前坐着有福人

大嫂长得好人样

大嫂发财我沾光

大嫂一瞧："妈呀，两个！"

大嫂连忙把门顶好，将手从窗子上的猫道孔里伸出："没米、没面，给……"

两个念喜的讨吃子一前一后仔细揣罢她的手，高高兴兴地走了。

7. 七爷爷和八爷爷

七爷爷和八爷爷是一对看上去一模一样的双胞胎弟兄，他们的脾性虽说有很多相同，可也有很多明显的不同。七爷爷能说会道，八爷爷拙嘴笨舌；七爷爷刚强厉害，八爷爷温和善良；七爷爷硬里有软，八爷爷软中含硬。两人的最后结局也不同。

七爷爷和八爷爷少年时一起跟着父母从南面上来，垦荒务农，辛苦经营，待挣下一爿扎根立脚的家业后，娶回一对双胞胎姐妹各自成家立业。另家时，父母给他们一人分了五颗元宝，各闹世事。

均贫富运动开始的时候，八爷爷觉见风向不对，就老实听话，把五颗元宝全交了公，买了个平安无事。

七爷爷却只交出来两颗，说另外三颗叫他抽了洋烟啦，耍了赌啦。

人们不相信，就批斗他，给他跪瓦滓，上脑箍，把盒子枪顶在他脑门心，看见他实在也交不出来了，才当真放过他。

过了好些年，运动过去，政策又转回来以后，七爷爷突然指挥家人挖了几天，挖出了他深埋在旧房墙根下的三颗大元宝，让家人外人真正见识到了他的厉害。

可是就这么个厉害人，也有他脆弱的一面。

七爷爷的儿子当年出远门没了音信，就抱养了一个孙子。

孙子年龄大了，找不下媳妇，吊儿郎当光喝酒。七爷爷看见着急得不行，常训斥孙子几句，孙子受窝火，有一天顶了爷爷一句：有你们两个老格桩在，我能找下了？

七爷爷就不说话了。

七爷爷抽了半夜旱烟，给孙子留下那三颗元宝，自己上了吊。

孙子呢，后来赶上个机会，凭那三颗元宝安排了一个工作。

八爷爷的结局和七爷爷的就不同。

包产到户不久，村里开始架电。按户集资以后，费用还不够，每户还得追加一百元。

交就交吧，祖祖辈辈没点过电灯，电灯泡也吊在房梁上了，谁还不愿意再交了这一百块叫它亮起来呢。

八爷爷也补交了一百。

八爷爷交罢一百以后，才听说乡上有政策，凡是六十岁以上的老年人，这一百元就不用再交了。

八爷爷就去找队长，去要队长多跟他收走的一百元。

可是队长不给他，队长说乡上政策是乡上政策，队里还有队里的政策。

队长不给退八爷爷也没办法，肉入了猫口，你还能夺下了？

八爷爷已经年龄大了，想和队长嚷也不会嚷，想和队长打更打不过他。

这事就在八爷爷心里窝着，一直窝着。

那年，八爷爷的一个孙子想要出去念高中，可家里实在是供不起他了。

八爷爷思来想去的，他老是就盘算着想让孙子出去念个高中。

他小时候是旧社会，只念过一两季冬书，识了些《三字经》《百家姓》里的汉字，连《千字文》也没来得及念，就彻底务了农。

后来他支持儿子念书，可儿子念到高小毕业，因为阶级成分高，人家就不让念了。

现在，他的儿子多病无力，孙子喜好念书，想出去念高中，八爷爷内心非常支持。可是，他愁肠来愁肠去，愁肠着咋才能给孙子闹回这个念书钱，咋才能给孙子闹回这个念书钱。

那天，队长骑着架完电以后新买回来的三代幸福摩托从八爷爷家门前经过。队长经常这样骑着新摩托从八爷爷家门前经过，八爷爷远远地就能听到他的摩托声音，知道他要从自家门前经过了。

队长从八爷爷家门前经过时，像平时一样跑得很快，不防备从大门里突然闪出个八爷爷，他还没来得及踩刹车，就把八爷爷给撞倒了。

八爷爷就那样一撞而死了，队长给赔付了一笔钱：一半用于掩埋八爷爷，另一半，孙子拿上念高中去了。

乡村笔记

1. 口风

一

夜不深，羊换和老婆正看电视，听见外面好像有一声羊吼：咩！老婆和羊换互相看一眼，感觉有些奇怪。支起耳朵细听，也再听不出什么，就估计先是心疑了，又回到电视上。

又一声羊吼，接着是两声、三声，然后一片碎碎的羊蹄声清清楚楚在院子里响起。这回不会听错了，是羊进圈的声音。刚放出去不多一阵儿就进圈了？不对哇。羊换忙拉亮院灯，披了件衣服跑出门，见他大正往住拴羊圈门子，那些刚刚在肚底底上垫了些儿草的绵羊山羊们眼巴巴站着，你一声它一声叫唤。

羊换感觉到不对。

羊换直着眼问："咋啦？"

他大嘴动了动，想说什么，却半天没吐出一个字。

羊换瞪住他大再问："咋啦？"

老汉抖着嘴唇说："叫查羊的逮住啦，拉了个绵羯子。"

羊换的火腾腾地就上来了："你不长眼睛着？"

他大躲开羊换刀子一样的目光，自知理亏道："没看见。"

"不长耳朵着？"

他大低了头："没听见。"

"不长腿着？"

他大长声叹气："跑不动啦。"

"干脆你活得死了哇！"羊换鞭了他大一眼，扔下一句话，气哼哼甩着膀子回了家。

二

门前一座旧土房，房后一院新瓦房。羊换和老婆娃娃一家住在新瓦房，他大一个人住在旧土房。

一个人住在旧土房里的羊换他大病了。

自从那天黑夜受了羊换的气，第二天早晨又受了羊换老婆的气，羊换他大就一病不起了，而羊换也不张罗着给他大看看。羊换说，看什么，七十多的人了，老病。

可这得了老病的羊换他大却也并不立刻就老去，并不立刻老去的羊换他大就受了罪，吃不上，喝不上，在冷寒受冻中拖延时日。

人和人不一样，有的人临老，山珍海味给摆在眼前，他看见也像朽木泥土，毫无食欲；而有的人则相反，老馋，没吃够。

羊换他大就没吃够。

羊换他大老盼着吃一顿羊肉。

羊换他大有一天拄着拐棍挣扎到羊换的上房把这愿望给羊换说了以后，等了半天，也没得到羊换和老婆一句表露。

羊换他大又一天拄着拐棍挣扎到羊换的上房把这愿望给羊换说了以后，羊换干干脆脆说，杀不成，害瘦命了，你是不是兆上死啦，非吃这顿羊肉不行！

老汉灰塌塌回到自己的旧土房，越想越没活头，就想寻死上吊，可身软得连绳也挽不上房梁。老汉就平躺在炕上，把绳套子拴在炕头的小石磨上，再把小石磨推下炕沿，勒死了自己。

天下之人，疼儿疼女的多，孝敬娘老子的少。羊换他大放了一辈子羊，少年时给父母放，成年时给生产队放，老年时给儿子放，临死，想吃一顿羊肉也没吃上。

老汉这样死了以后，村里就形成一股口风：

"羊换把良心卖断啦！"

"这种儿，有还不如没！"

三

羊换进城寻到寿衣店，给他大合合身身买了几件子成品寿衣，红的红蓝的蓝，绸的绸缎的缎。到棺材铺搞了半天价，选了一副镶了柏的松木棺材，回来以后再请老王画匠给画上戏彩娱亲、卧冰求鲤等历代贤孝故事，请老刘平事拄上拐棍出来亲自端住罗盘镜反复测量选看了一块庇子荫孙的好坟地，请老丁纸匠的儿子小丁纸匠精工细糊了一套大三合院阴宅楼房，并且配套设施十分先进齐全，有奥迪轿车，有川妹子保姆，有海尔、松下、荣事达等品牌的家用电器，以及美元和股票等。

出殡那天，亲戚邻居在羊换他大的灵棚前站了很多。花圈林立，棺木堂皇，香烟缭绕，酒气芬芳，各种祭食把桌子堆成了小山。尤其让人们感动的是，羊换给他大祭了整猪整羊。除了录音机反复播放一盘从城里买回来的哀乐带外，羊换还专门请了一班吹鼓手，唢呐声声，唢呐悠悠，吹得人心里戚戚惶惶。羊换老婆哭灵哭得也很认真，披头散发、嘶声裂嗓，人们左右架着她的胳膊拉了三遍才把她从地下拉起。

掩埋完羊换他大，人们吃罢大饭，四散回家。

一个打着饱嗝说："看人家羊换，算孝子了，把他大可埋好啦。"

一个带着醉意说："还是养儿比养女强，儿再咋不好，死了也有个靠。"

2. 保雨

天大旱，来一自称能保雨的外地人，保证在十天内卜一场透雨，保不来雨不挣钱。

村长逐户收钱，比较顺利。

第九天，果然下了一场中雨，救庄稼于火热之中。

村长数出一半的钱给了保雨人。

事后，有人感慨地说："那人自上台以来，这件事做得还是不赖！"

3. 灰人

柳沟村人讲的是北方土话，他们的词汇里没有"傻子"一词，他们管傻子王三小叫"灰人"。

灰人给村长揽工放半年羊。

那日，灰人把羊赶进圈，提溜着鞭子回了村长家，坐在沙发上喝茶，抽烟，喝茶，抽烟，不走。

村长不耐烦了，问："有甚事？"

灰人盯住村长的脸："算工钱。"

"等放满再算也不迟！从三月初一到八月初一，这才五个月，你忙甚？"村长不满地说。

"这不就放满了么！说的就放半年么！"灰人右手掰着左手，看着村长。

村长："半年是五个月？那一年是多少个月？"

灰人："一年？一年是十个月哇。"

"灰和尚，一年是十二个月，不是十个月！"村长过来拍了拍灰人的头，笑了。

"噢，一年是十二个月？我还盘算是十个月……"灰人挠着头，走了。

一日，灰人赶着羊横穿大路。路旁放一纸箱，纸箱内传出婴孩的哭声。灰人便走近看，见婴孩身上捆着一张钱，钱旧了，中间用一红纸条粘好的，灰人认得，是五十块。

灰人拦羊走了，但心里放不下这事，就远远地望着路边的纸箱。

村长骑着摩托车去乡里开会，在纸箱跟前停了下来……

隔几日，村长给灰人数过几张羊工钱，灰人一张张点验，突然抽出一张五十块的说："这张我不要！"

村长一怔。

在柳沟村，敢顶村长的没几个，灰人就敢。

4. 狼

吴平不想念书了，没等毕业，就跑回来了。

吴平四处借贷，买了一辆旧三轮车，开始做小本买卖。

他贩烟，父亲阻止："那东西不让随便贩。"

他不听："越是不让随便贩的越挣钱。"

才第三趟，经过乡镇时，便被一辆"大盖帽"给咬上了。

变挡，加速，总甩不掉。

就抽出两条烟扔在路上。

果然见效，"大盖帽"装好烟，再追时便错开了距离。

但两轮儿比三轮儿快，吴平眼看又叫追住了。

再扔，再追。

扔罢第六条时，吴平想起课本里学过的蒲松龄的《狼》：肉扔完，狼还要追……这可咋办呀？

这时，"大盖帽"的喇叭在后面一个劲儿地响过来了。

完啦！

吴平让开道，疲惫地停下来，等杀等剐。

但"大盖帽"却没停，卷起一路风尘，扬长而去。

吴平长长呼出一口气——谁来改写一篇《狼》呢？

5. 复仇

民国年间，兵匪祸乱，连年大旱，有陕西结义弟兄吴为和尤山二人逃荒至塞外伊金霍洛。他们相携互助，一路搀扶，掏过炭要过饭，扛长工打短工，倒牲口贩洋烟，操劳过多种活计，手足之情日深，也逐渐积攒下一笔银钱。

有一天弟兄俩面对叮叮啷啷一褡裢银洋打起主意。吴为念叮着说，金圪垯银圪垯不如咱那穷圪垯，一人分上狗的半褡裢，回去成家立业算啦。尤山说你看看你这个人，眼光咋就一指头头这么浅，半褡裢银洋陀螺倒把你满足住啦？而今正是闹世事的好时候，这内蒙古地平展肥富，人也憨实，王爷府里头又明着放垦，咱干干脆脆买上一块好地皮子，展展滑滑种上狗的一圪垯洋烟，种上三年回家，我保你老婆不愁娶，银子不愁花。

尤山嘴皮子好，会煽动人，经他这么一打帮，吴为也就同意了。

兄弟二人瞅摸多时，看好一块叫卧羊湾的洼地。这地避风向阳不缺水，像是潜藏在世多少年谁人也没动过就等着他们两个过来收金收银的一个宝盆盆。有会看风水的说，这地，居住来财，埋人出官。弟兄俩就费了很多周折，终将卧羊湾买成。

到交银画字时，只来尤山一人，言吴为另打主意回南面老家去了，于是尤山成为卧羊湾里的新主人。

尤山当年春天就开垦了卧羊湾，洋烟苗子长得鲜花怒放胎肥膏满，当年获得大丰收，卖回两褡裢银洋，第二年春前娶了妻，第二年冬后得了子，三年五载后就成为伊金霍洛一带汉族移民中的富户，声名日渐显赫。

但尤山有一桩不如意事，他精明伶俐，娶的老婆伶俐精明，他的宝贝儿子却不知道怎么就傻傻愣愣，三岁上不会说话，四岁上不会说话，五岁上还是不会说话。尤山发了急，四处请医问药，神倌看过，道长看过，喇嘛看过，平事看过，银钱花了无数，病症却毫不见好。尤山没办法，逐渐放弃了治好儿子的念想，把希望押在了老婆身上，他盼望老婆下一胎能给他生一个精明伶俐的好儿子。可他老婆仿佛叫鬼捏住了胎肠，无论尤山在她身上下多大功夫，再连一根孩儿毛也生不出来。尤山就四处打问着要再娶一房老婆为他生儿育女。

然而尤山历年为儿子治病，家当折腾得已够呛，没有哪户人家愿意把女儿聘给她做二房。尤山徒劳一番后就一心一意接着给儿子治病。

儿子十二岁那年，当尤山将卧羊湾卖得一寸不剩再也无力给他治病准备卷上铺盖回南面老家时，十二年没说话的儿子突然疯疯魔魔地开了口，他先叫一声大，再叫一声妈，喜坏了尤山夫妻俩。然后他抽抽噎噎哭起来："尤山，你葬良心呀！你把我吴为推下崖，一个人发财呀？呜……呜……"

尤山惊跌在地，成了一堆。

6. 长大我戴大盖帽

小小十二岁了，在乡里上小学。

小小学习很用功，考试不是第一，就是第二。

　　小小学习很用功有一个明确目的，这目的没有同学们作文本上常写的长大以后要保家卫国呀为人民服务呀什么什么的那么崇高那么伟大，他的目的很现实，他就是想要通过学习跳出农门，在城里有一份好工作。

　　小小的这个理想也不是来源于书本，而是来源于生活。

　　小小家里穷，没有什么硬关系，娘舅本家里远近不说，连一个能和村长一级的官说上话的也没有，所以经常免不了要受人欺负。年前，爸爸不知从哪儿趸了些炮，卖了不多几天，就有两个戴大盖帽的工商管理员扑进门来，亮一亮他们衣兜里装着的证件，一个很凶，另一个很恶。很凶很恶的两个工商管理员指住爸爸的鼻子眼睛说你这是违法经营，除了没收，我们还要罚款，否则就要报告公安。爸爸妈妈吓坏了，好说歹说，杀鸡买酒招待了一顿，才免了。敬酒的时候，一个大盖帽喝了，另一个大盖帽不喝，他要妈妈给他唱。妈妈说她不会唱，那人脸一沉，将帽子往桌上一顿，说你今天不唱我今天就不喝！妈妈只好唱了，那人才喝了。小小站在角落里哭了。

　　小小村里有个人在法庭工作，很有钱，把父母也接进城享清福去了。小小很羡慕，小小想，将来我也要把爸爸妈妈接进城里享清福。

　　小小回来以后学习就更用功了。小小心里想，等我长大以后上了班，我要是法官，一定主持公道；我要是交警，我才不六亲不认拦路抢钱呢；我要是工商管理员，我才不欺小压弱呢。

日子便向着希望延展。

那天，小小去上学，眼看要走进学校大门口了，一辆小车冲过来，把小小撞坏了。

撞坏小小的是个有钱有势人家的儿子，这已经是他撞坏的第三条人命了。

小小的爸爸妈妈抱着死去的小小，哭得死去活来。

小小父母给小小定制了一副棺木装殓了小小，他们哭诉道，我儿虽只十二岁，可他也是上世活了一回人哇，临走，也让他背上点儿"官"，背上点儿"财"。

送小小走时，远处跑来一个大人和几个孩子，是小小的老师和同学，他们给小小捧来一顶崭新的大盖帽。老师说，小小曾经写过一篇作文《长大我戴大盖帽》，小小是个好孩子，小小他……老师哽咽着说不下去了。

7. 一顿瓜饭

晌午时分，人还没吃，猪先吼着要吃，田婶就忙着提了半桶食倒去。猪在圈里美美地吃，她在圈外美美地看。老伴已过世，儿女们进城打工，她一个人住在老屋，猪就是她的伴儿、依靠、希望。

来了一辆高级小车，停在门前，下来一个白白胖胖很富态的陌生人，笑吟吟地问候她："是田婶吧？"

田婶不明不白地应了一声，疑疑惑惑地问："你是……"

那人说："我是钟浩。"

"钟……浩……"田婶一点也想不起来。

那人就往细了说："知青，插队来的。有一天饿昏了，你给我吃了一顿瓜饭……"

"噢，噢，是小钟呀！"田婶终于想起来了。

那天，事隔二十多年之久，为了当年一顿瓜饭，身为某大局局长的钟浩特意驱车几百里来看望田婶。他给田婶买了她一辈子没穿过的好衣服、一辈子没尝过的好食品，临走，还给田婶放下八百块钱。

那天，欢天喜地的田婶要给钟浩杀鸡。钟浩嫌麻烦，他让田婶又给他做了一顿瓜饭，并且说，明年秋天他还要来看望田婶，还要来吃田婶做的瓜饭。

但第二年，田婶满等了一个秋天，钟浩也没来。田婶就猜测说，可能是工作忙，或者身体有啥毛病？说不定哪天他就来呀。村里有人说他在电视上看见过钟浩，钟浩因经济问题，判了三年刑，说得有鼻子有眼。田婶不相信，把头摇了又摇，说十里路上没真言，十里路上没真言。

8. 二灰

晌午，雨停了。

喜元出院外看看，见东边亮出了彩虹，乌云正四散而去。

喜元寻了只尼龙袋，扛起锹向梁上走去。

喜元一上梁，就弯倒腰开始掏药，柴胡、远志、黄芩，见啥掏啥。药又大又多，他手忙脚乱，掏着这株瞅着那株，像是有人在跟他争抢。

不见有谁来跟他争抢。喜元是跟阳婆争抢。因为阳婆出来晒上几天，地皮干结住，就不好掏了。前几年，夏雨一过，掏药的人多，大人娃娃都有。现在，能进城的都进城了，只有喜元一人来掏。

沟渠斜对面的垴顶上有一苗神树，树身上常年披挂着些彩旗和红布；树脚下有座庙，庙上常有饼干麻花之类的献贡。

有叮叮嘟嘟的清脆响声从斜对面向喜元这儿传来，喜元抬头，见是二灰在庙台前翻腾那些酒瓶瓶食罐罐。喜元想，这灰人又上来捡食献贡啦，刚下过雨你能捡到什么，就仍埋头掏他的药。

村中有几个出了名的灰人，人们按年龄大小，称他们大灰、二灰、三灰、四灰。

二灰小时候不灰，精明伶俐，是十几岁上变灰的。

那还是生产队的时候，民兵们轮流上神树梁那儿放哨，他们紧握红缨枪，目视北方，时刻防止苏修帝国主义的入侵，也不时向村中窥望，防止地富反坏右们破坏。年纪尚小的二灰有一天轮岗时，竟然麻痹大意地躺下睡了一觉，醒来迷迷糊糊朝树身上尿了一道，回家后病了一场，从此就痴傻了。

这灰人就是从那次开始变灰的，灰得分不清春夏秋冬，辨不出爹娘姨舅。那年夏天生产队里召开社员大会，他忽煽着一件大棉袄从家里跑来，竟然笑嘻嘻地叫喜元他大四姑夫。虽说四姑夫确实是四姑夫，可也是远门子的四姑夫，好几年不认了，所以他老子当下在队长面前把他踢了几脚，流着死烟泪说你们看气人不气人，狗日的活得连阶级敌人也分不清了么。

生产队拆散以后，村里一下出了两个神倌：一个顶着神树，一个顶着狐仙。他们的神堂前香火不断，村里村外来磕头敬贡的人很多。顶神树的老会计头摇得拨浪鼓一样说，二灰灰就灰在那一道尿上，是那道尿冲撞了神灵，哪是赤脚医生说的什么中风不中风，看不好的，神仙也救不了。

呵呵，时世变得真快呀，喜元有时候还会想起这些陈年旧事，不禁有些发笑。

喜元的药快掏满一尼龙袋时，累得厉害，就点着一根烟，准备坐下歇一会儿。

这时，沟渠对面传来咿咿哇哇一声怪叫。喜元扭过头，见二灰从崖沿上骨碌碌地滚跌下来，身后带起一股碎石子儿，噗噗噜噜地响进了沟底，转眼之间就什么也看不见，什么也听不见了。

喜元的困乏一下消失了，他凑到崖沿前往下探看，看这灰人到底跌成啥样儿了，却还是看不见，喊了几声也没有回应，心想完啦，不死也伤，赶紧回去给他们家人通知一声吧，死了倒也一了百了，断胳膊断腿的可就麻烦啦。

喜元一手提锹一手扛起尼龙袋，紧步往梁下走。

差不多半个时辰以后吧，经常害感冒的二灰他大吸溜着两行时有时无的清鼻涕跟在喜元他们几个身后，走进神树庙脚下的深沟里，看见二灰缩成一团蠕动着。

几个人像查看一只瘸羊或一头病猪一样查看了一番二灰的伤势。正试图把他往起拉时，一件实在让人料想不到的事情发生了，整整糊涂了三十年的二灰酒醒了似地睁着逐渐活泛起来的眼睛一一辨认出了他们：大大？侯叔？喜元？

二灰的腿跌断了，可二灰的脑子跌好了。

因为这几个人里，还数喜元年轻力壮，所以就由喜元背起二灰，别人搀扶着，缓步走出沟外。

路过喜元先前掏药的山梁时，二灰突然大叫着要下来，人们只好停住脚，把他小心地放下，估计是他哪儿疼得厉害。

二灰刚脱离开喜元的脊背坐在地面上，就指住喜元厉声高喊：富农儿子！阶级敌人！挖社会主义墙脚！

几个人都惊震住了，一时反应不过来，互相看着，恍若隔世。

夕阳把他们的影子拉得很长很长。

9. 公公媳妇儿

公公是好公公，能耕会做，疼儿爱孙。

媳妇儿是好媳妇儿，勤俭顾家，孝敬老人。

公公和媳妇儿是分门另过的，男人有时不在，媳妇儿吃不上水，公公就给担上两担；公公白天做地黑夜放羊，有时吃不上饭，媳妇儿就给端上两碗。如此而已。

公公是端端正正的好公公。

媳妇儿是没人说赖的好媳妇儿。

十来年日子就这么过下来了。

一年，男人出门打工走了，娃娃念书住校走了，孤村子里偌大一道院，就只住着公公媳妇儿两个人了。

水就全凭公公来担了。

饭就全由媳妇儿来做了。

黑夜里响雷打闪的媳妇儿一个人不敢住时，公公就过媳妇儿这面来住了。

就那么一步步地把日子合在一起过了。

风平浪静的。

不听见有什么说三道四的。

公公还是好公公，对待媳妇儿像女子一样。

媳妇儿还是好媳妇儿，对待公公像老子一样。

后来，娃娃念满书回来了，男人打完工也回来了。

媳妇儿就不用公公给担水了，公公要给担媳妇儿也不让他担了。

公公的饭媳妇儿也就不给做了，公公要求出来媳妇儿也不给他做了。

就那么一下子又把日子分开来过了。

依然是风平浪静的。

不听见有什么说三道四的。

有一天，媳妇儿家的两口大猪不知叫谁给毒死了。

派出所的人来查，问话，找踪。

公公急急慌慌地提个箩筐和粪叉走了，远远的，拧回头看着。

10. 奇三家的猫

男人回来了。

老婆正做饭。

老婆是知道男人就要回来的，预先通过电话，所以就把饭给男人做上了。

男人这次是走了两个多月才回来的，工地上忙，走不开。不过挣的也可以。

老婆给男人兑了半盆热水，男人上上下下洗了一气，舒舒服服地躺了，两口子说些家长里短的闲话。

雨大那天，我担心家里的房塌了。

塌是没塌，满漏了一黑夜，电闪雷鸣没把人怕死。

你不能吼上两个人把房顶抹抹？

能吼谁了，尽走得七狼八狈的。

奇三福明那些不能？

福明叫老婆照住哪儿敢走了；奇三那些死不了的和尚谁敢用，就顶如三辈子没见过女人……栓柱家搬回来了，出了几年门甚也没挣下。

不是哇？

不是甚了，穷得要甚没甚，连房租也掏不起了。

白换今年是挣了大钱啦，房也买在阿镇了。

人家有好亲戚拉帮么。吕三三当了甚官啦？

副局长。还不是凭上老婆。

曹宽家初八搬上走呀，李锁成给看的日子。

李锁成么会看日子了？

那个月顶起神啦，也还灵了。

哪个神神也刚顶起灵的，看看王二偏，可好给越在树家摆料了一顿，没隔几天就出下事啦。

出下甚事啦？

小子偷下人啦，又叫提溜进禁闭窟子里头啦。

咦，甚也没听见。

说话工夫，老婆端上饭来。

男人伸了筷才要动嘴，从被垛上跳下一只猫，咪噢咪噢地叫着要吃。

男人有些奇怪：哪来的猫？

女人随口答：奇三家的。

男人更奇怪了：奇三家的猫么咋卧在咱家？

老婆愣怔住了，张了张嘴没说出话，仿佛她也不明白奇三家的猫么咋卧在了她家……

11. 官人

官人也是从这村里走出去的。

官人也是从一个农家院落里长大的。

官人小时候倒也看不出将来是官人的样子，整天和一群土娃娃一起滚打，饿了吃些粗饭，渴了喝些凉水，鼻涕抹脸，泥手赤脚，也爬墙上树，也打架斗殴，娘骂了他也会哭，爹打了他也会嚎，和别的孩子们也分不出个高下彼此。

可是后来官人就走出村子了，走到外面的大世界里去了，吃上公家饭了，花上公家票票了，当上官了，并且把官当得越来越大了，越来越少回村了，越来越认不得乡人了，越来越不好接近了，越来越贪占了，越来越名声大了，越来越权倾一方了，越来越为所欲为了。

再后来，官人就跌了，跌得很重，从那么高的位子上跌下来了，跌在了地平面上。不，比地平面还低些，是跌进地底下了。

遵照官人的遗愿，家人把他送回家乡，送回老村，送回到叶落归根的地方。

乡人们多来帮忙，挖穴的挖穴，抬棺的抬棺，掩墓的掩墓。阴阳家来了，砖瓦匠来了，吹鼓手来了，伙夫们来了，讨吃要饭的也来了，大家吃了很好的好饭，喝了很好的好酒，抽了很好的好烟，想说的说着，想笑的笑着，把贫贱与富贵拉得那么贴近。

官人就那么入土了，辉煌了半生，一干二净地入土了，不随带任何殉葬品地入土了。或许这最后的清廉，可以让他长安久宁。

人吃土一生，土吃人一口。

官人吃众人半生，众人吃官人一顿。

12. 随风飘散

一溜小车进村来了。

福明看见了，漫不经心地瞅一眼，仍浇他的园子。

奇三看见了，漫不经心地瞅一眼，仍串他的门子。

小车是奔村长家去的，多年如此了，他们早就习以为常。

村长也看见了，他在房后的山梁上站着。

小车离他家越来越近了。

村长一脸疑惑地看着。

小车就要来到他家大门外了，村长的心立刻矛盾地跳起来：他是希望他们来他家吗？他是不希望他们来他家吗？

一溜小车真的就在他家大门口外停住了，村长一下从愣怔中清醒过来。他赶紧迈开腿往家走，先几步走得慢，后几步就走得快些了。

可是，那溜小车很快又启动了，谁也没下车，就那么启动了。

村长估计他们是没看见他，就撒开腿往家里跑，跑得那么快，快得与六十岁的年龄那么不相称。

可是，没等他跑回来，一溜小车就远去了，只按了一声喇叭，就那么一溜烟地远去了。

村长就定住了。定了半响，折回身往房后的山梁上走。远远地，看见那溜小车往刚上任的新村长家去了……

福明漫不经心地又瞅一眼，仍浇他的园子。

奇三漫不经心地又瞅一眼，仍串他的门子。

村长仰起头，由不住滚出两眼长泪。空中，一抹卷云匆匆舒展，转眼间又随风飘散，了无痕迹。

13. 世仇

常叔退伍后，分在南京一个军区的下属单位工作。

常叔是我们这里走进大城市生活的为数不多的一个。

说常叔是我们这里走出去的，这其实有些牵强，因为常叔本来是生于外地长于外地的，他不过是这些年回过几次老家上过几次祖坟而已，说他父母是我们这里走出去的才是事实。

记得常叔在1980年左右回来过一次。那时生产队刚解散，常叔提着一些大大小小的稀罕礼物，走家串户探望了一些当年有恩于他家的人。他母亲童年时差点儿叫狼吃了，是村中王家大爷挥锄把他娘从狼口前夺下的，他跪在王家大爷坟前给磕了三个头。他父亲深秋里光着膀子叫捉兵走时，我爷爷给脱过一件旧夹袄，他给我爷爷送了两盒香烟。得知我早早地就丧父失母，常叔抚摸着我的头，把他上衣兜里插的两支钢笔中的一支送给了我，嘱咐我要好好念书。

九十年代时，常叔又回来过一次。常叔的情绪不大好，好像是一个什么中日友好协会要调他去，他不去，因此领导对他不满，他也失去了一次加薪晋级的机会。有村里新转正了的老民办教师替他惋惜，劝他赶紧回去疏通关系，抢抓这次机遇。不想他竟然发火了，盯了民办教师一眼，粗鲁地咕噜出几句骂人话。民办教师脸红了半晌后才猛然醒悟道，他这是触动了常叔的杀父之仇啊，常叔的父亲当年就是叫日本兵的刺刀活活捅死的，常叔对日本侵华充满了切肤之痛，他至今不说日本人的好话，不买日本人的好货。

这几年，常叔再没回来过。不过我从报纸和电视上多次看到过他，他正积极参与着一个中国民间对日索赔案活动，往来中日多次，虽屡屡败诉，但舆论影响还是越来越大，很多读者和观众写信、打电话、发电子邮件，通过各种方式来声援他们。

2005 年是中国抗日战争胜利暨世界反法西斯战争胜利六十周年，各种媒体挖掘整理出当年日军在中国大陆上的种种罪行向世人特别是后人警示，人们加深了对战争的仇恨，感知到和平的珍贵和来之不易。

这一年，常叔八十多岁的老母辞世，弥留之际，她告诉了常叔一个也许永远不该告诉的保守了几十年的秘密，这秘密让常叔听后五内俱焚。不过，常叔还是强忍悲痛，遵照老人遗愿，把母亲的遗骨送回老家，安置在祖坟里。

常叔回南京后，在国人经久不息的抗战胜利六十周年庆祝声中，在国人特别是南京人对日军南京大屠杀暴行的谴责声中，再也无法承受自己竟然是母亲当年惨遭一群日本兵蹂躏后所生的痛苦事实，悄然结束了自己的生命。

常叔没有留下遗体，在一个阴冷的黄昏，他纵身跳进了滚滚长江。

对于他的真实死因，很多媒体做了各种推测，但都不得要领。

14. 儿行千里

七奶奶只生过一个儿子。儿子走出去，上了有名的黄埔军校，四九年以后就断了音信，再也没消息了。

从四九年盼到五九年，五九年熬到六九年，六九年等到七九年，心底的希望如果说还有，嘴上也不敢再说有了。

可是七九年以后的盼头又逐渐增大了。

在那个昆虫出蛰杨柳吐绿的季节，七奶奶真真切切地看见了她的儿子，是小时候的模样，活蹦乱跳地在自家门前的大速贝浅河里嬉水，一股大浪从上游翻滚而下，眼看就要把孩子给淹没了，他还浑然不觉地玩耍，她着急得失声大叫：雄雄！雄雄！

七奶奶从梦中惊醒，泪水夺眶而出。

多少年梦不见儿子了，这咋就突然又梦见了，七奶奶逢人就说她的梦。

七奶奶说她觉着她的儿子还活着，她的梦就是儿子在远方给他托回来的。

谁也不信。

八奶奶就说七奶奶，说你不妨叫一叫吧，叫一叫试试。

这一句话提醒了七奶奶，她使起了几十年人家不叫用自己也没敢用的老法子，天天早晨手探门头脚蹬门限，对着远天远地的南方高声呼唤：雄雄，你回来哇！雄雄，你回来哇！

祖祖辈辈的人说，这种呼唤有感应，灵。

七爷爷已经去世了，除过牵挂眼前的孙子，七奶奶的心愿就是能活着见到她的儿子。

七奶奶天天早晨呼唤，呼唤了半年多，阿弥陀佛呀，儿子竟然从天而降，真的就回来了。

儿子从台湾出发，辗转飞抵北京，坐火车回了内蒙古，坐班车到了已经换下人民公社牌子的乡上，又步行回到了三十多年没回来过的生他养他的大速贝梁。

这真是一件激动人心的事呵。

可是，七奶奶在不久前去世了，终究没见上。

15. 母之爱

春来了，满眼是阳光，八奶奶搬着个凳儿出来，坐在外面晒太阳，又一个冬天熬过来了，她要好好出来晒一晒。她把她的寿衣也晒出来了，寿衣是前些年就预备好了的，平时压在箱子底，春天拿出来晒一晒，不晒，怕生蛾儿。

外面比家里暖和，她看着她的大公鸡雄起起地领着鸡婆们叽叽咕咕地在门前的草坡上拣食着牛牛蚁蚁，心里特别舒展。

燕儿也飞回来了，满院里飞着认家。八奶奶寻了一根长棍子，费力地把门头上的活动天窗揎开一个缝儿，它们就飞进去飞出来，绕着八奶奶唧唧唧唧快乐欢唱。它们就是去年住过的那两只吗？或者是它们的儿女？八奶奶眯缝着眼睛老半天辨认。

认不出来了，认不出来了，八奶奶眼花了，她是认不出它们来了，它们还能认得这个坐在院里晒太阳的慈眉善目的老奶奶吧？

八奶奶寿数大，她已经八十九岁了，还挺健康，自己洗衣，自己做饭。只要还能动弹，她就不想给儿孙们找些额外的麻烦。不过，水还是得靠孙子给担的。

八奶奶的儿子也老了，六十九岁了。孙子要给父亲提前过个七十大寿，父亲不让，因为有八十九岁的八奶奶在。

儿子六十九岁，走路还没有娘利索，吃饭也吃不过娘，到医院查也查不出个啥，却每况愈下，一病不起。

八奶奶着急得不行，起了个大早，拄着拐棍，走一阵儿，歇一阵儿，整走了一前晌，找到外村里一个会掐看的人，花了十块钱给看，说是她的福寿太大，压住了，正如她担心的一般。

八奶奶临黄昏回来后，思前想后，睡不着觉。

八奶奶的褥子底下压着个手绢包包，包包里藏着她卖鸡蛋积攒下的一沓钱，有大票票，有毛票票，新的旧的，整整齐齐。

八奶奶过来看儿子，抚摸着儿子稀疏苍白的头发，嘱咐他安心养病，顺手把手绢包包悄悄塞到儿子枕头底下。

八奶奶回到自己屋里，烧了半锅热水，认认真真洗了头，洗了身，洗了脚，然后穿起她的寿衣，照着镜子梳理了头发，又吃了一点儿，喝了一点儿。

最后，八奶奶觉得身上的力气已经足够用了，她就选了个位置，调了调气息，用尽身上所有的力量，对准窗棂，利利索索地一头就碰死了。

八奶奶在她的老屋里安安静静地度过最后一夜，第二天，人们才发现。

送八奶奶走时，远远近近来了好些人。

16. 十块钱

三老叔总带一根手杖，长着一脸大胡子，像个画上的外国人。

三老叔独身过了一辈子。

三老叔也常走村过户，但从来不吃人家的饭，不知是有洁癖还是性格过于耿直。

三老叔是我家的远亲，但我说不清是怎么样的亲戚，总之是见了面的话感到亲切，不见面则各过自己的日子。

那年秋天，我刚考上了一个能拿饭碗的学校，三老叔走路已不连便了，有一天突然给送来十块钱，让我拿上念书去，说等我将来挣上钱他要活着的话再给他，如果他不活着就去他坟上给他点两张纸也行。

过了一段时间，爷爷卖了点葵花，把那十块钱给还了，说三老叔年岁太大了。

那年假期的时候，过罢年了，不知道爷爷是听谁说的，三老叔病了，怕是时间不长了。

我去后村的禅赤庙供销社里买了包饼干去看三老叔，三老叔已经耳聋眼花，认不得我了。

下一个假期回来，三老叔已经去世了。

我现在写这几句话，遥寄对三老叔的歉疚。

那会儿，十块是顶大面额的钱。父亲是木匠，在学校里做一份临时工，还常能见到十块面额的钱。

父亲突然去世后，我母亲到在成家走过一趟，去要在成借我父亲的十块钱。

然而在成老婆说她不知道，等到在成回来，在成说借是借过，可已经还了。我母亲说明明没还，但口说无凭，死无对证，嚷吵一架后，也真没办法。我没参与过这场嚷吵，但对在成的恨，却种在了心里。

起初，父死母走，我靠爷爷活着，差点儿辍了学，就有了恨不得杀掉在成的念头。

后来，我走到外面去了，逐渐想开了事，偶尔回去碰到在成，虽说没什么话说，对他的恨却也越来越小了——伴随着社会的发展和纸币的贬值，想一想，十块钱的事，越来越不是个事了。

去年清明回去时，在成枯树桩一样在路边立着，颤颤巍巍拦住我，一边揩抹着口水鼻涕，一边抖抖索索掏出一张十块的票子，硬要塞给我，说让我回去给孩子买些好吃的，我不要，他就拽住我的胳膊不让走，我不得已就装上了，想下次回来，给他点什么吧。

今年的清明回去，在成的坟已经立起来了。

唉，人都不容易。

安息吧，老人。

17. 独守青山

他是个独守老屋生活着的人。

他已经年龄大了，头发苍白，满脸皱纹，目光呆滞，语言迟钝。几十年时光转眼而过，一个当年还曾经上过几年学的积极追求进步的时尚青年，就这样成为现在的无为老人。

他不愿意进城。

生态移民，公家把楼房修在城边边补贴上钱叫人们进城，左邻右舍都推倒旧房搬走了，就他一户不走。

儿子也搬走了，他不走。

老伴儿进城看孙子走了，他还不走。

一座山的半腰中就挑挂着他一户人家，一户人家里就住着他一个人。

一个人，孤守着老屋过日月。

起先，他还喂过一头猪，放着几只羊；后来，猪杀了，羊卖了，就喂一群鸡。

鸡省事。

人都搬走了，草就长满了，长得漫山遍野都是。一群鸡放出去，吃草吃菜吃虫虫蚁蚁，就能往回收蛋了。收的蛋，除了吃，还能卖一部分。

就是太孤单。

没有人和他说话。

他也不想和任何人说话。

他已经适应了这种孤单，适应了这种不和人说话的生活。

几十年来，他是一年比一年话少，少到现在他已经不会说话了，真的是不会说话了。

去年过年前几天的时候，家人回来过，给他拿回一些吃的喝的。临走，他端出半篮子鸡蛋给他们，还说了半句话：拿，拿上。他们也没和他说什么，拿上走了。

今年，他们依然给他拿回一些吃的喝的。临走，他依然给他们拿出半篮子鸡蛋，却一句话也没说。

当时女儿喊聋子一样大声问过他一句：跟我们串一趟走不？见他毫无反应，也就没再理会。

一个无语者。

一个不和人说话的人。

一个独守青山老屋的人。

他原本是会说话的，精明伶俐的，可是他的话，都叫几十年前那一天给说尽了。

那天，鬼使神差地，他兴冲冲跑到公社，直接找到革委会主任，说主任你不是叫我们年轻人勇于检举自己身边的反动言论吗？

主任点了头，鼓励他往下说。

他说主任你听一下，我大在我们家里说的这个话算不算反动？

你大说什么？主任感兴趣了。

我大在我们家里，说生产队大集体劳动是瞎胡闹，还说人民公社兔子尾巴长不了，这个话算不算反动？

革委会主任桌子一拍：反动，太反动了。

革委会主任当即叫人整材料上报，当父亲被一辆公安车抓走坐了禁闭以后，他才后悔了，他没想到事情会有这么严重。

之后，家里就没人敢和他说话了，娘不敢和他说话了，姊妹弟兄也不敢和他说话了。

他也不想和他们说话了，闯下这么大的祸，还有什么脸皮让这张嘴巴再开口说话呢。

外人也不敢和他说话了，都躲得远远儿的，就像躲一个瘟疫病人。

他孤寂得不行，试着去挨亲走近的几家串门。人家大人不敢和他说话，把娃娃也喊住不让说话。

他去生产队劳动，社员们远远唠闲话：张三家喂了一只好猫儿黑夜给噙回一只兔子啦，李四老婆怀到第四个月头上又跌肚啦，王五家娶回媳妇儿，后生光棍儿们一夜不落地去连续听门啦……不管话题扯到什么热闹份儿上，一看见他过来就闭了嘴，锄地的赶紧弯腰锄地，割草的依然低头割草，都怕他从哪一句话缝缝里给嗅出一丝一缕的政治味儿。

他的话，就那么一年比一年少了，少到最后，没有话了。

几十年来，在那场灾难中跌过跤的人，这个也给平反了，那个也没人计较了，可是有谁能给他平反呢，有谁能谅解过他呢？没有，没有，他自己也无法谅解自己，自己也无法给自己平反。

这辈子，他注定不语了，有什么话，等来生再说吧，如果真的还有来生的话。

经常看见他往父亲的坟头上跑，跑过去一坐就半天，一坐就半天，年轻时候一时的荒唐无知，铸就了此后这种漫漫独守。

青山无语，他亦无语。

18. 盲女

后半夜了，听不到一丝虫鸣、一声蛙叫，万籁俱寂。盲女早早地醒了，她是从一个梦里醒来的。

梦里，盲女牵着爸爸的手过一条河。爸爸的眼睛是好的，所以应该是爸爸的手牵着盲女的手在走，可却好像是盲女的手牵着爸爸的手在走。

"爸爸，你慢点儿。"

"爸爸，你小心些。"

后来，爸爸背着她过河。

"爸爸，你要累就歇会儿吧。"

"爸爸，你说妈妈这会儿在哪儿呢?"

"爸爸，把我的鱼片儿给弟弟吃吧，你看他多可怜。"

盲女醒过来后，回味着这个梦，奇怪梦境与现实的不似和相同。但她没有翻身，她怕把爸爸吵醒。盲女就睁着黑漆漆的眼睛醒着。

昨晚，爸爸从城里回来了，回来给盲女过生日。盲女很欢喜，就没回奶奶屋里，她缠着爸爸，问这问那。直到把爸爸问得睡着了，她还醒了很久，想一些远远近近的事情。

爸爸，咱门前的草地里有了野鸡，奶奶说野鸡长得可漂亮了，她小时候才见过，这多少年了再没见过。

是吗，我还不知道。

爸爸，奶奶说，草长好了，说不定以后还来狼呢，你见过狼吗？

没见过。

奶奶说她小时候见过，说贼踪和人踪一样，狼踪和狗踪一样。

爸爸笑了一下。

爸爸，你说妈妈现在在哪儿呢？

不知道哇。爸爸沉默了。

盲女把话问出去了，才有些后悔，这话刺伤爸爸的心了吧？可是，话已经说出去，收不回来了。

爸爸，你住几天再走吧。

工地上走不开，爸爸只请了一天假。明天给你过了生日，爸爸就走了，你和奶奶好好在家住着。

那好吧。爸爸，听说城里的钱今年不好挣了，你怎么这次还挣回一千多块呢？

爸爸一个人出去开支小，所以还能挣。那些拖家带口出去的，闹不好就存站不下去，处处得花钱。

对呀，搬进城住的好几户人家又返回来种地放羊了。

爸爸又沉默了。

爸爸，你也不要太心急，想开些，挣不了钱就回来吧。

爸爸知道。

爸爸，前村里的老姨夫跳井死了，你听说过吧？

听说过。

爸爸，你说他儿女都成家立业了，儿女也都孝孝敬敬的，经常回来给他钱，他也不是和老姨姨不和气，就留了一张字条，说他不想活了，他为什么就不想活了呢？

可能是借给他草场的邻居家要搬回来住了，他的一坡羊没出路了，他又舍不得卖，就想不开了。

爸爸呀，他舍不得花钱，把钱都放了高利，嫌自家的地不够种，再包上人家的地，没白天没黑夜地受，图个什么呢。

孩子，追赶前头的好日月是人的本性，人很难跳出自身利益的圈子哇。放在前几十年，他就熬受成个倒霉的灰地主啦，可他又是个光荣的贫下中农后代。

什么是地主，什么是贫下中农？

地主就是以前村子里生活过得好些的人，生活没过好的就是贫下中农。

嗯，那为什么地主就不好，贫下中农就好呢？

这是大人们以前经历过的事情，爸爸也给你说不清楚，你以后长大了会明白吧。

爸爸你知道吗，听说他跳井前，把钱掏出来放下，把手机掏出来放下，不往自家的井里跳，给邻居家的井里跳进去了。

哎呀，这个做得可不好。

奶奶说，他这一跳，把多半辈子做人的功德给丢了。

嗜，人这个东西。

爸爸，我听村里头的人说，你高中同学的那个当领导的哥哥叫查啦，家里翻出了好多好多钱。你说他念书当官也不容易，可现在成了犯人，后悔死了吧？

爸爸沉默了一会儿后说，这也是很难避免的事吧。爸爸是当了农民啦，爸爸要是在他那个位置上，保不定也一样。人人不做官，做官都一般。爸爸的爷爷活着的时候就这么说过，他说的话也是从老辈人口中流传下来的。

唉，爸爸，人活得够吃够穿够花就行了，活得健健康康就行了，贪那么大心做什么呢。

小孩子是小孩子的想法，大人有大人的难处，不好说。

爸爸，你说城里盖起了五十层的高楼，五十层的高楼有多高呀？

五十层有多高，有多高呢……你听见喜鹊在门前的大树上叫唤吧？五十层的高楼，比喜鹊站着的大树要高出二十倍呢。

哎呀，那么高呀，爸爸，你上过那么高的高楼吗？

上过。

爸爸，人站在那么高的高楼上，能看多远呢？

站在那上面，全城都在脚下，远处的农田一块一块的像小花格子，田边上停着的四轮车还没有咱的小猪仔大。

那有多好呀！哎，爸爸，你说生日蛋糕放到明天吃，不会坏了吧？

不会，放一晚上没事儿。

爸爸，奶奶那天给我讲了一个《人长和人短》的故事，虎老大、狼老二、狐老三、兔老四，还有那个"人长"和"人短"，人长天也长，人短天也短，你说人还是应该操好心对吧。可是我天天听电视，有那么多人欺人人骗人的事，那些坏人怎么就不会有坏报呢？

不是不报，时候不到。人还是应该做个好人，好人才有好报。

爸爸，奶奶讲的故事是从哪儿来的呢？

是奶奶的妈妈传下来的吧，我小时候就听我外婆讲过。

嗯，爸爸，那你说，我的眼睛看不见，是我做过什么坏事情吗？

没有，你三岁上就看不见了，你连一个麻雀都没打死过，能做什么坏事情呢。

嗯，那也许是我以前，以前的以前，做过什么坏事情吧？

不要胡思乱想了，睡吧。明天给你过生日，咱快快乐乐的，吃蛋糕，换新衣服，还照相，好吧？

好吧。

不一会儿，爸爸就发出了鼾声，盲女也就安安静静，不再问什么了。

其实爸爸并没有立刻就睡着，他醒着，他是不想继续刚才的话题，怕引起盲女的一些坏心情。

盲女醒着醒着，后来睡着了。

可是盲女早早地又醒了，醒了好久，直到外面的大公鸡叫了，才又昏昏睡去。

19. 迷失

"妈妈，我要喝水。"

"妈妈，我要喝水。"

半夜里，孩子迷迷糊糊地呢喃自语着。

孩子醒来了，口渴得厉害，他舔舔嘴唇，叫唤了两声，等着大人的反应。

大人没有反应。

孩子睁大眼，看着周围，周围黑乎乎的，黑得深不见底，黑得什么也看不清。

孩子的意识逐渐清醒了，清醒了以后，孩子就低声哭了，呜，呜……

孩子想起来了，这个白天闹闹哄哄乱七八糟的地方不是他的家呀。他熟识他的家，猫咪，狗娃，猪拉拉，门前抖索着浑身叶片的大杨树，还有大杨树上叽叽喳喳叫唤着的喜鹊，井台边的菜畦，菜畦里的西红柿，黄瓜，这些都跑哪儿去了？

更让孩子难受的是，这个紧紧照看着自己的妈妈不是自己的真妈妈，真妈妈哪是这样的呀！她根本就不是自己的妈妈，她是个假妈妈。

可是，孩子不敢再说假妈妈的话了。孩子曾经说过两次，一说假妈妈，她就要把他往院子里那条凶猛的大狼狗跟前抱，说要让大狼狗把他给吃掉。

孩子也不敢再哭闹了，一哭闹，这个妈妈就要给他嘴里喂瞌睡药，喂了瞌睡药，他就又睡得什么也不知道了。

他不想睡得什么也不知道，什么也不知道了，那不就等于死了吗？

孩子已经学乖些了，他只要不哭不闹，不喊着要妈妈的话，这个妈妈就给他吃饭喝水。

可是，睡梦里的他怎么能管得住自己的嘴巴呢？

孩子眨巴着眼睛，往以前想……

妈妈在洗衣服，他捏着一根喝过酸奶的小吸管，蘸着妈妈盆里的洗衣粉水，满院里跑着吹泡泡。大杨树上的花喜鹊叽叽喳喳地乱叫，来了个陌生人，一把捂住他的嘴就把他给抱跑了，跑啊跑，跑着跑着他就什么也不知道了，等醒过来，就成了现在这个样子。

孩子想着想着，不瞌睡了，后来，又昏昏睡去了。

孩子这一觉睡了好长好长时间，长得他几乎忘记了以前的一切。

好长好长时间以后，孩子很虚弱地从另一个世界里醒过来了。

孩子本能地喊了一声妈妈。

这个女人俯身对他说：儿子，醒来啦？

孩子看着大人的面孔，疑疑惑惑地问，你真是我妈妈吗？

是呀，我当然是你妈妈。你这个娃娃，生了一场大病，咋就连妈妈也认不出来啦？你看你，病得把脚给丢了，咋能把记性也给丢了？

孩子不相信地看了看自己的腿，腿上真的就没有脚，他原来可是有脚的呀！没了脚，他可咋走路呀？孩子哭了，哭得天昏地暗。

孩子后来又昏昏睡去了。

好长好长的时间以后，孩子又醒过来了。

然而他确实是分不清楚以前的事情有哪些是梦的，有哪些是真的了。

他只看得见这个给他吃给他喝天天照料着他的妈妈了，虽然他怎么也开不了口叫她一声妈妈。

后来，这个妈妈领着他到处走。每到一个地方，大人孩子戴起白孝，跪在十字街头，面前摆一块布，布上写些孤儿寡母之类的话，收取好心人施舍的零钱散币。

又一个炎夏的正午，在北方一个叫阿镇的小城的新华书店门前，没有风，太阳很毒，当女人给孩子掏了个面包以后，孩子傻傻地喊了一声妈妈。

女人略一怔，随即鼓励他：来，再叫一声。

孩子又叫了一声，声音比头一次要响亮些：妈妈。

这一回，女人欣慰地笑了，她忙给孩子发了瓶水，并且说：儿子，好儿子！

20. 活人心

三爷爷十七岁那年冬天娶妻，三奶奶当年怀胎，人们说酸儿辣女，可怀孕期间的三奶奶酸的爱吃，辣的爱尝，谁也断不定她到底怀的是男是女。六个月头上，三奶奶流产一子，之后再不结胎受孕。三爷爷二十七那年，眼看三奶奶生养无望，就从户族里抱养了一个两岁大的儿子，谁想，三奶奶不久重又怀胎，自己生了儿子。

有了亲的，三爷爷三奶奶倒也并不嫌弃抱的，要吃都给吃，要穿都给穿，两个儿子一样对待。

大儿七岁那年，小儿得了一种咳喘症，老是咳嗽、气喘，咳得能喘成团，喘得会咳不上来。本地医生看了又看，总也治不好，且越来越重。听说六十里外出了个王神倌，顶的是药王爷神，很灵验，虚病实病都能治。三爷爷就提了三奶奶给打包好的礼物，骑了半日马去求见王神倌。

王神倌家热闹非凡，从四面八方赶来求医的人挤满一屋子。王神倌一会儿号脉抓药，一会儿问病开方，一会儿磕头祷告，忙得不可开交。人们按先来后到一个一个排着队过。

轮到给三爷爷的儿子审病时，王神倌着实费了番劲儿，前后一连请了三堂神神，马童的头直摇得汗珠珠滚成行，才最终抓出一服稀奇古怪的药。更为离奇的是，神神嘱咐说，这药要用活人心作引子。跪拜在神案前的三爷爷听了当即怔住，他困惑不解地还想多问点什么，神神却摆头起马，王神倌忙着接应下一位病人，和三爷爷更无一句多话。

三爷爷心事重重回了家，把情况向三奶奶一说，夫妻二人为药引子的事愁成一颗疙瘩。儿子是亲生自养的，三爷爷三奶奶为人一世就留这么点骨血，他是他们生命的根芽，活人的奔头，病再难治也要治，药引子再难求也得求，掏钱难买不卖的货，活人心难得只能自行解决。用三爷爷的吧？三爷爷是一家的主心骨，一家的顶梁柱，三爷爷是三爷爷家的天，三爷爷倒了，家不就塌了？不能用三爷爷的。用三奶奶的吧？三奶奶是三爷爷身上的肉怀里的宝，是一家的滚炕头热灶火，三奶奶是三爷爷家的地，地陷了，家不也塌了？不能用三奶奶的。

那是初冬里一个温暖的中午。

窗外，太阳如金，寒雪似银。

屋内，三爷爷一家人热热乎乎吃一顿炖鸡肉。两只鸡不太肥，本来准备过年时才杀的，现在却提前杀了。不过还是很香。大儿爱吃鸡翅，小儿爱吃鸡腿，鸡脯脯肉大儿小儿都爱吃。三爷爷给大儿挑一只鸡翅，三奶奶给小儿选一条鸡腿，三爷爷三奶奶又给大儿小儿夹一块鸡脯脯肉。父疼母爱，气氛温馨，大儿小儿吃得很饱，他们感觉像过年一样。

下午，小儿的咳喘没怎么发作，大儿小儿一起玩耍。大儿不慎打碎一只老人手上传下的细瓷花碗，他兔眉鼠眼地看看三爷爷又看看三奶奶，他不知道他们会怎么惩罚他，是三爷爷用脚踢他的屁股呢，还是三奶奶用手掌扇他的嘴巴？

可三爷爷没打，三奶奶也没骂，大儿感到十分反常和意外。不过他觉得爹亲娘亲爹娘更亲了。

晚上临睡前，三爷爷填柴，三奶奶舀水，他们烧了满满一锅热水，给大儿洗了一澡。孩子的身上脏乎乎的，他们把他洗得很净，尤其是胸脯那儿，洗得很白很白。三爷爷三奶奶知道，药引子金贵，可不能弄脏。

半夜，三奶奶抱起睡梦中的大儿，三爷爷用三奶奶裹脚的布条捆牢了孩子的手脚。他们轻手轻脚，他们偷偷摸摸，他们不想把他弄醒，可孩子还是醒了。

三奶奶就抚摸着大儿的头问，狗狗，你说弟弟的病咱给治还是不要给治？

大儿说，给治。

三奶奶又问，狗狗，治弟弟的病，短个药引子，你身上有，你愿意给不？

大儿说，愿意给。

那你可要听话，不能乱哭乱动，噢？三奶奶说着就解开孩子贴身穿着的小袄扣。

　　大儿问，妈妈，药引子在哪儿？

　　三奶奶按住大儿咚咚跳动着的胸口，说娃娃，在这里面。

　　大儿就哭了，他哭着说妈妈，我怕，我怕，我不给弟弟药引子了。

　　三奶奶就安慰说，不怕，不怕，一阵儿就取出来了，听话，噢？弟弟等着你的药引子救命。

　　当三爷爷捏着一柄不大不小的刀子凑过来时，大儿哭闹得更凶了，三奶奶只好用她的另一条裹脚布将孩子的嘴巴紧紧缠住……

　　第七天头上，因为小儿的病有明显好转，三爷爷就在三奶奶的催促下再次来到王神倌家求取第二服药。当王神倌给三爷爷包药时，三爷爷惴惴不安地插嘴问，这药好是好，可药引子太难得，能不能用别的什么东西替代？

　　听了三爷爷的话，王神倌顺手从身边一个小布袋袋里抓出一把红蛋蛋说，给你，这不算难得。

　　三爷爷捧起王神倌给他的药引子，看了又看，看了又看，忍不住说，这是红枣么，哪是个活人心？

　　王神倌说：红枣不就叫活人心么！

21. 与时俱进

我五妈几十年不厌其烦地对我五爹唠叨，说溜钩子走遍天下，直巴头寸步难行，你这个脾性不改，把儿孙后辈也带累呀。

一个人的脾性岂是说改就能改的？像我五爹，他当了几十年公家干部，细盘算起来，以前也有过几次提拔机会，但他和我们户族里大多数人一样，尽是些直巴头，不会溜钩子，所以直到退休为止，大小没当过半点官儿。

我五爹这人，就拿穿衣服来说吧，几十年一贯就是中山服，从来就没穿过一件西服，更不用说打上个什么领带。

我五爹一辈子没贪过公家一个碗，没占过别人一双筷，从来都一是一，二是二，里里外外一个样，人前人后一个样。多少届领导在多少次职工大会上都表彰过他，各种奖章奖状积攒下一大摞——当然，表彰过后人家领导背地里都叫他"瞎人"。

再说"生活作风"方面吧，我五爹一辈子没背着我五妈在外面有过半点越轨行为，以前我五妈夸他，后来我五妈笑话他。

还有呢，我五爹一辈子没给领导拜过一次年，一个一辈子不给领导拜年的人，自己怎么可能当上领导呢？

总之，他是个被以前的条条框框给框住以后再没出来的人。

我的一个朋友圈里的兄弟，当了好些年秘书，伺候过几茬领导。一次跟他们局长去了海南。出发的时候，他给局长又提大衣又拎包，局长人家一看就是个局长，秘书你一看就是个秘书。当飞机飘行在万米高空，上穷碧落下黄泉，两处茫茫皆不见，谁都不说话的时候，他就想，这家伙要是掉下去，我和局长人身意外险的赔付是一样多的。下飞机后，人生地不熟，两个人一起忙着打出租找宾馆，局长和秘书就各拿了各的包各拎了各的衣，生人乍先看上去就不好分辨他们的身份大小了。在海南住下，两个人吃了饭喝了酒，又一起洗澡按摩以后，局长不像在单位里那么开口闭口说"三个代表"了，而是赤胸裸腿给他说了几句掏心窝子话：兄弟，你当官！你当了官要甚有甚，不当官蹩死你也不行。咦，人家说套雀儿还得两颗麻子么，你不花点儿能提拔了？你得与时俱进！

海南之行回来时，一下飞机，局长的大衣仍然是秘书给拎上，局长的包也仍然是秘书给提上，但秘书心里明白多了：不虚此行。

我的这个朋友圈里的兄弟现在已经入了道，当上了一个不大不小的官。我们还一起喝过几次酒，每次喝潮，他都要给我洗脑子：兄弟，你当官！你当了官要甚有甚，不当官蹶死你也不行。咦，你得与时俱进么！

哦，与时俱进。老的已经纷纷老了，俱不俱进没有什么意义；小的他们却正在成长，该俱进，还得俱进。

世事就是这么变化着，人人也都是这么变化着，变得随流而去，变得身不由己。就像我五爹，那么一个直巴头人，被我五妈口口声声贬作"老古董"，退休在家好几年了，每天和一群老头老太打扑克下象棋的闲人，夏天里突然不知从哪儿结结实实兑换回一公文包银洋陀螺，说让儿子拿上给领导拜年用吧，他听见外面的人说现在时兴用这个拜年。

我五妈笑了：你早几十年要能开窍多好呀！

他的儿子和儿媳妇也笑了：爸爸也与时俱进啦！

刚入冬，离过年还早着呢，五爹有一天从外面回来，急急慌慌向家人索要他那一包银洋陀螺，说现在的气候又变啦，咱还是规规矩矩做人吧，这些东西拿出去，说不定把人家领导也给祸害啦。

22. 工资

他是上午从家里独自跑出来的。

他给老婆说，他想下楼随便转转，散散心。老婆看他一眼，说早点儿回来，我一会儿就做饭呀。

他轻描淡写地说，你做吧。

老婆也没在意，他就直接下到负二层，开了车跑出来。

他想独自出来转转，不是在小区里转转，不是在附近的公园里转转，他是想出城外转转，或者干脆说，他是想回乡下老家转转。

乡下老家离城有百八十公里，现在的路好，回一趟其实很容易。但是他没给老婆说，说了的话，她是不会允许他一个人走的。所以他出来时，连手机都没带，在床头柜上给老婆压了个字条，字条就压在自己的手机下面。

当然，他还有另一部很小巧的手机带在身上。这个号，老婆也不知道。

他已经关门闭户，待在家里快两个月不出来了。

老婆不让他出来，他自己也不想出来。

养个病么，他们不想声张出去。声张出去的话，这个来瞧那个来看的，好像是真的怎么了，那有什么意思。

等多会儿痊愈了，该开会再出来开会，该应酬再出来应酬，谈笑之间，一切如常，那才好么。

自从做罢手术以后，老婆在家寸步不离关照着他，关照得他有些厌烦。他也说不清这是为什么，他今天就是想独自出来走一走。

这样，他来到一家建设银行门前。

他在建行门前的自动柜员机内，用工资卡取了两万元现金，就上了路，出了城。

他和建设银行之间的关系长啦。

刚上班那会儿，工资还是由单位的财务人员以现金方式发放。一领了工资，他就到不远处的一家建行储蓄所里把它存起来了。

单位好，工资根本就不需要动，有各种福利和奖金就够花了。

把工资原数存起来不动，让数字一直在折子里面增长，那感觉非常好——当年苦苦念书，不就是为了能跳出农门挣上这一份工资么？

他把这习惯一直保持下来了。

先几年，收入还少，有时候偶尔会动用了工资折里的钱。可是一等有了，他就赶紧如数补存进去，不多存一块钱也不少存一块钱。

他是一个天生就对数字有感情的人，他需要一组纯粹的数字放在那里。

后来，收入逐年增加，挣上了年薪，别的钱他也不往这个折子里存，工程上的收支有工程款账户，股金分红有股金账户，至于贿赂钱，那又在另外一个隐秘的折子里。

他对自己工资折里的这一笔钱，情有独钟。记不清是从哪一年开始的，当工资普遍不再以现金方式支付，而是直接打进个人账户以后，他单位的工资仍然在建行开户，他每个月也都要去一次建行，让柜员给他在电脑打印机上划一下，看见那一排连幼儿园小朋友都认识的数字划上去，他心里才会有一种美滋滋的踏实感和享受感。再后来，建行有了卡，有了卡折一体，有了短信通知，他才不会一个月一次去划折子了，而是一年才去划上那么一两次。到现在，挣工资有三十多年了，这个账户里存的，都是他的工资。

那么，他工资账户里现在一共有多少钱？万以下的忽略不计，整数他清清楚楚：五百零二万。

刚才他取了两万，还有整五百万。

为什么要取一笔现金带上？他也没有明确目的，可能就是个习惯，出门还是带上钱好。

为什么突然要动工资卡里的钱？他也没有细想，可能随身携带的，只有一张工资卡吧。

这条路，他已经走过好多遍了。

以前走的是旧路，现在走的是新路。

他家的祖坟，就在新路和旧路的一处交汇口。那里睡着他的爷爷奶奶，睡着他的父亲母亲。

父亲是五年前去世的，母亲是去年才去世的。

父亲去世的时候，形势还很松，事宴上没有什么大办小办的限定。他把灵堂设了一周，来的人很多，礼金也收了一个不小的数目。他拿出其中二十万，把祖坟修了一下，修成了老家的一处独特风景。

母亲去世的时候，形势已经紧了。他一点也没声张，就姊妹弟兄几家，三天头上低调出殡，让父亲母亲冥府聚合，叶落归根。

去年过年的时候，他依例回去祭拜了一次；今年的清明，因为生病住院，他没能回去。

路过乡镇时，他进一家小百货门市买了几大包香烛纸马，回去跪在老坟跟前，烧了好半天。

他想，多烧点吧，把清明落下的补上，把七月十五的提前给点上，谁知道我下一趟多会儿能回来。

下一趟多会儿回来？他没往下想。

太阳老高了，从墓园里站起身时，他顿时感到一种周身彻骨的疲惫，由不住默默涌出两眼泪，转身离开。

离开的时候，他忍不住又掉回头看了两眼：坟宇建在一个斜梁上，最上面是他的祖父祖母，下来是他的父亲母亲，再往下，留着一块空地。空地是建坟的时候就留下来的。留下来干什么用，谁都没有明说。他心里清楚，无论在外面跳踏得多高，跳踏得多久，他都得给自己往下留一块空地。空地再往下，没留空地。他只有一个女儿。

返回到乡镇上时，已经快中午了，他感觉有些饿，就在圪台上慢慢转悠了一圈儿，最后停在一家叫"回头客"的小饭馆门前。饭馆是外乡人开的，他去年路过时还吃过一次。

顾客很少，没人认出他。这让他挺满意，他不想让谁认出他。

他离家多年，名声在外，老家这儿却越来越生疏了。

他要了一盘农村炒鸡蛋，要了一碗削荞面。这么吃有点古怪，看上去很不搭配，但他喜欢这样。

小饭馆位于学校大门口旁。

学校现在放暑假了，看不见人。

他上高中时，就是在这所学校里。

高中后来改为初中，初中现在改成小学了。

学校离家有几十里，那会儿，父亲赶着驴车车送他。

驴车车慢呀，要走老半天。

有一次，车里胎扎破了，他们到路边一户生人家里求助。人家误住营生，帮他们补好了里胎。

还有一年冬天，他走着回家，实在饿得走不动了，就去一户人家要了两碗饭吃。

这条路上，他还喝过那么一家人的水，问过那么一家人的路，还在那么一家里避过雨。

......

现在，他突然就有了一个念头，一会儿吃完，他要掉转车头，再返回到那条路上，一家一家去看看，看看那些人家现在还住着人不，看看他们现在生活得怎么样。那些老年人应该不在了吧，那些中年人老了吧，他们的后代儿孙，现在出去就业和上学，一定有困难吧？

他自己一下子明白了，走的时候，他为什么要取一笔从来不动的工资带在身上。

他想：我除了现在的这个我，还有一个过去的我。

这多少年，我怎么就把过去的那个我逐渐给忘了？

哦，过去的我，他还在呢。

23. 天湖

她是个牧羊人。

生来就是个牧羊人。

出生的时候，母亲把她生在了羊圈里。

不是故意，而是意外。

当时实在是太忙了，母亲给一只产羔母羊接生，羊羔倒产，费了好多工夫，才把那只小生命给弄下来，结果她自己的肚子也突然痛开了，痛得倒在地上，然后就生了她。

她慢慢长大，在勒勒车的颠簸中，在牛羊声的叫唤里。

一直长到她自己也会出去放羊了。

她经常在一个很大很大的湖边放羊。

湖真的很大很大吗？

真的大呀，要是吆上羊群绕湖转一圈儿，不知道几天几夜才能转回来。

那大湖，祖祖辈辈的人叫作天湖，她从来就没绕着天湖转回过一圈儿。

又有什么转头呢，她想。

有一天，从湖的东边，一步一磕头，过来一个老女人。

老女人来到她身边时，看见她腰间悬挂的水壶，气若游丝地说：娃娃，把你的水给我喝一口哇。

出于吝啬，她没给她喝。

她想，我只有这么一小壶水，给你喝了，我就要受渴了。

老女人失望地离她而去。

离去的时候，老女人扭回头诅咒般地说：娃娃，你以后可要好了。

老女人走出没多远，就死了，死在了磕长头的路边。

那晚，她做了一个噩梦。

她梦见老女人从天湖里钻出来，死劲儿把她往下拖。

后来，经历了几番苦难，几十年就过去了。

几十年过去，当她也成为一个老女人时，她还是在放羊，还是在那个蓝色的天湖边放羊。

有一天，一队骑自行车的年轻人路过她身边。

路过她身边时，他们饮干食尽，疲惫已极。

看见她，他们就像看到救星一样，纷纷倒地而睡了。

等一觉醒来，他们喝了她给提供的羊奶，吃了她给提供的糍粑。

年轻人恢复得快，他们走的时候，一个个就都活蹦乱跳了，他们一个个向她弯腰致谢：老奶奶，祝你好运！

那晚，她做了一个好梦。

她梦见天湖成了一面掌握之中的神镜，而神镜里出现的，是孩子时候的她，而孩子时候的她，是那么活泼、快乐。

24. 白鸽和孤雁

一、白鸽

啊，白鸽又飞来了！

我搂抱着这一对天使，亲吻着它们，狂跳的心紧贴着它们。

晨虹她是怎么放飞你们的？是用心语向你们做了嘱托，还有手的爱抚和脸的亲吻吗？

你们是从她的双肩上起飞的呢，还是从她的掌心里，或者是怀中？

我解下小小的信卷儿，反复吟读着她的话，端详着她写的字儿，心里热乎乎的。

白鸽，一路辛苦了！

等我款待你们，歇好翅儿养好精神，住几天以后，再带着我的爱语，飞回到她的身边吧。

二、孤雁

秋高天阔，一路北雁缓缓南飞，偶尔丢下一声凄厉的哀鸣，撕裂着天幕，揪扯着人心。

怎么，二十一只？

是过早的生老病死，还是罹难于猎人的枪口？又一个不幸的故事！

老人们说，燕孤一时，雁孤一世。燕子若失去了伴侣，不久就又能找到自己的对儿；可大雁一旦失去自己的伴侣，便注定了一生的孤寂——它把不幸写在铭心刻骨的记忆里，紧锁起往日的情怀，恪守着对爱侣的忠诚，不再求偶，孤独地飞行……

"人"形的雁阵呵，一字写在天幕上的象形文。

卧羊湾

1. 旧事

千年田地八百主，田是主人人是客。

自古以来，卧羊湾里经了多少过客？说不清，道不明。卧羊湾静卧于边墙之北黄河以南，多少茬人事浮云而过。

清朝末年，卧羊湾属于郡王旗蒙古王爷的牧地。国厦倾歪，兵盗四起，王爷府财政吃紧入不敷出，于是招农放垦，汉族北漂尤山独资买下卧羊湾种洋烟，年进斗金，家势渐旺。土匪头子杨侯星路过此地，正准备敲尤山一票呢，不想随从的马枪走火，一粒子弹击中杨侯星的命害，手下人一拥而上绑定随从，准备杀人谢罪。

杨侯星奄奄一息：这儿的地名叫个什么来着？

左右回答：卧羊湾。

杨侯星叹出最后一口气：生于活羊图，死在卧羊湾，这是我的命，放了他吧。

手下人放了随从，随从是杨侯星的亲姑舅。

2. 养蜂侉子

人民公社生产队大集体末年，卧羊湾里来了一家养蜂侉子。

养蜂侉子会说两种汉话，一种是普通话，本地人大概能听懂；另一种是温州话，本地人一句也听不懂，他们一家人说开温州话就像一窝吵嘴的胡燕。养蜂侉子吃的和本地人也不一样，本地人多数时候吃的是窝窝头，偶尔夹掖一顿黄米饭。养蜂侉子却每天吃白米饭。养蜂侉子的其他种种也和本地人不一样。村里一个小后生，被养蜂侉子的种种不一样给吸引住了，有空没空常往侉子那儿跑，去听侉子一家的说，去看侉子一家的做。

家里人连怨带骂："你干脆给侉子为儿去哇。"

深秋，蜂收花谢，小后生真的跟上养蜂侉子一家往南方去了。两三年以后回来，能说满口的侉侉话，连形影动作也活像个侉侉，猴瘦猴瘦的，精精干干的。

小后生姓李，那会儿是小李，几十年过去了，现在是老李。

老李现在是名副其实的李总，在城里经营着两家大酒店。

年前，李总领着全家人去南方，去给他当年的养蜂师傅拜了年。

年后，李总回卧羊湾老家，召集全村人吃了一顿饭，流水宴席，大炖羊肉。有个老哥，可能是吃得太激动了，竟然当场噎死，冷了好大一个热场面。

有人就给死者家属出主意：不能依饶，叫这个老地主儿子出上个百八十万。

死者家属没听从：咱穷了富了不说，哪能这样做事。

但老李自己挺难堪，还是出手给死者家属帮扶了一笔，至于帮扶了多少，没有对外明说。

3. 猪课钱

养公猪公马公羊公驴的人家，除了能满足自己家畜的配种需求，还可以靠这些雄性动物的性行为，给主人挣回一份额外盈余，村里人就把这份配种钱，猪的叫成猪课钱，马的叫成马课钱。

赵三家养了一口好公猪，周边喂母猪的人家，常吆上自家的发情母猪来配种，配住了，给一只小猪娃，配不住，白配。赵三家的这份猪课钱，就这么一年四季细水长流地赚着。

那年那月，姜五十四家的母猪发情了。姜五十四？对，是他爷爷五十四岁上有他这个孙子的，以前的人给孩子起名，有这么一个起法。姜五十四这个名字叫起来有点拗口，村里人赶口顺，直接叫他五十四。五十四这个人贼精，活了半辈子，从来没吃过亏。他家的母猪发情以后，他老婆催他赶紧些吆上母猪去赵三家配种。五十四不情愿。五十四喂母猪也几年了，赵三家的骚猪已经挣走他好几个猪儿子，五十四想起他这几个猪儿子就觉得有些冤，所以五十四就要想办法白配一次。

怎么才能白配上这次种呢？明说肯定不行，赵三老婆也是往死抠的人精精。

所以，五十四就在黑夜去赵三家闲串门的时候，顺手把他家的公猪圈门子给损坏了。

第二天一大早，赵三老婆发现公猪跑了，一找踪就找到五十四家这儿，两口猪刚完事，一个还在另一个的身上没下来。

赵三老婆就问五十四：配过啦？

五十四回赵三老婆：没配过，刚刚上身。

一个就说配过了，一个就说没配过，咋也争执不下。

咋也争执不下，那怎么办呢？也好办，赵三老婆早用手机把两口猪擦在一起的相给照下来了，说要是配住的话，猪课钱你可不能短了我。

三个月三个星期又零三天头上，五十四家的母猪产下九只猪儿子，赵三老婆又过来照了一次相。

猪儿子快满月的时候，赵三老婆来索要猪课钱，五十四不给。

五十四说我的母猪是怀十几个儿子的肚，这次才怀了九个，我早就知道你家公猪老啦，耽误我家母猪呀，我这回正准备吆上去乡配种站给配呀，结果因为你管理不善，让你家这个害人老公猪跑出来把我们好好的年轻母猪给糟害啦，不让你赔偿我们母猪的青春损失费和精神损失费算好啦，你还准备倒要我一个猪儿子？

五十四这么说，赵三老婆就没办法了，赵三老婆急得哭起来：你家母猪引诱我们公猪过来，就算是我们公猪犯下强奸罪，犯罪责任你们就一点儿也不承担啦？

看看，经济社会，法律普及，卧羊湾里的老百姓也能说上个一二三了。

4．拍戏的

某日，村里来了一帮人，拍戏的，他们占用了赵三家的羊圈，把几十只羊放出来吆进去，放出来吆进去，折腾了老半天，先说好给五百块钱，临到跟前，那个戴长舌帽的导演耍赖，只给了三百。赵三捏着三百块钱，无奈地看着那些人离去。

走就走了，本来就是搂柴打兔子捎带着的事情，有了五八，没了四十，谁吃亏谁占便宜赵三也就不多盘算了。可是第二天，那帮人又来了，说有场戏还要重新补一补。

重新补一补当然可以，不过还得花点钱吧，双方经过协商，两百块成交。导演仍旧要拍完戏再给钱，可是赵三这回学精了，死活不行，他先把两百块钱要到手，又举起来照了照真假，然后塞进自己衣兜，才允许他们装神弄鬼地开始摆布。

一个穿西服扎领带电视里常演村长的演员，换上一件半新不旧的中山服蓝褂子，背起一捆草往赵三家羊圈跟前走。

一个演羊倌的演员脱下他的咖啡色新夹克，换上一件吊儿郎当的长褂子，提溜起赵三家的羊鞭站在赵三家羊圈门跟前说："村长，你这是做啥哩？"

演村长的演员说："羊换，禁牧圈养是大势所趋，我来给你家送羊草啦！"

"停！"导演挥手纠正道："注意表情！羊换的疑惑不解，村长的大公无私，表情都不足。表情要足，一定要足。"

开机，从头再来。

演羊倌的演员提溜着赵三家的羊鞭站在赵三家羊圈门跟前疑惑不解地问："村长，你这是做啥哩？"

演村长的演员大公无私地说："羊换，禁牧圈养是大势所趋，我来给你家送羊草啦！"

"好！"导演挥手叫停，这场戏没费啥劲就演成了。

家住柳沟村只身来卧羊湾给赵三家揽工放羊的真羊倌一直靠墙站下看这些人拍戏，他大名叫王三小，背地里人们叫他"灰人"。这时候，他慢慢咧咧一字一板地说："他们这是瞎拍了哇，我放了几十年羊，咋就没见过有一个村长给人家背过羊草?"

他的话正好叫导演给听见了，导演哈哈大笑："哎呀！你这个老乡真有意思，如果不瞎拍的话，我们这帮人吃啥喝啥呢?"

演村长的演员和演羊换的演员脱下剧组里的假戏衣换上自己的真原装，一群人说说笑笑坐上车走远了。

灰人打开赵三家的羊圈门，羊儿们鱼贯而出，直奔山梁。

5. 锻炼

老实人家，多出老实孩子。

老实孩子，多出自老实人家。

我们这个苏姓的户族里，出的就多是老实孩子。

我本人就是个老实人，老实到什么程度呢? 去年和两个外地来的陌生人吃过一次饭，喝了酒以后，他俩对我说：你这个人太老实了，老实得让人不忍心骗你。

像我这么老实的人在我们这个社会上确实是不容易遇到，但是在我们户族里，我这种老实人还是很多，我有一个侄儿就比我还老实。

这个侄儿是我二爷爷的重孙子。

我二爷爷是一辈子没做过生意的老实庄户人，他晚年的时候差点儿做成一次生意。

我二爷爷养着一匹黑骟驴，黑骟驴是他的坐骑。他人老了，腿脚不灵便，平日出地做活儿，或者十里八里出个门，就骑着他的黑骟驴。

我二爷爷临老动不行的时候，要卖他的黑骟驴。从陕西那面过来个驴贩子，价也搞好了，钱也递在他手里了，交驴的时候，他给人家端出了一句实话：我这头驴，千好万好，就有一个不好，怕河，怕冰，冰面上是歪好不走。

冰面上歪好不走？驴贩子回的时候，是要过两道河的冰面呀，这还能行？结果买卖没做成。

我这个侄儿他爸也是个老实人。前几年，学校里的老师得知这孩子是贫困生，就联系上他爸，准备给他家做些助学扶贫。没想到他爸给老师说，他今年出门打工挣上钱了，也没那两年困难了，家用开支下来，还在银行里存了一万定期。哎呀，这么说的话你还是个存款户？这就不符合条件，老师只好不考虑他了。

我这个侄儿也从小就是个老实孩儿。他上小学的时候，卧羊湾里过来两个卖布的货郎子。他妈挑选了几样，货郎子一共给算下550块钱，结果翻箱倒柜把所有零钱拿出来，才凑成530块，还差20块。这个侄儿看见把他妈愁住了，也醒不得帮他妈和货郎子讨价还价，而是说：妈妈，我想起来了，过年的时候，我舅舅还给过我 50 块压岁钱！说着就跑过去从他小书柜里拿出那 50 块钱。两个货郎子相视而笑，一块没少地收上走了。

这么一个老实家庭里的老实孩子，外面的世界虎狼成群，他长大以后可怎么生存呢？邻里邻居说起来也替他们担心。

人要是老实了，嘴也就跟着笨了。这个侄儿，从小就不会花言巧语，不会撒谎骗人，他也没口才，多有两个人在场，说话还会脸红。

去年，高中没毕业，他就不想再念书了，他是个不爱念书的人。不爱念就不念吧，现在那么多的大学生毕业出来还不得重找出路么？

问题是，侄儿他还只是个十几岁的小后生，不念书跑回家里能做甚？思来想去以后，众人出主意让他出去当兵。

现在当兵虽然都不安置工作了，连城市户籍的兵也早就不安置了，但是公家给予经济补偿，当上两年兵，能补偿十多万呢，在家哪能挣这么多？再说让他出门锻炼上两年，更有好处。

决定当兵以后，在去哪儿当的问题上，众人也费了一番思量。在内蒙古当的话，离家近，大人也能少操心；去新疆当的话，实在是太远呀，大人的心也会跟上走了。

纠结了几天以后，众人建议还是去新疆：去新疆，公家补偿能多拿两万，这个吸引力实在是太大，他爸出门打一年工，生活开支下来也就是能落这么多。

这个侄儿也听话，他遵从众人的意思，为了能多拿到两万块钱的补贴，远就远吧，最后还是去新疆当了兵。

春节时，我偶尔打开电视看新闻，无意中竟然看见了这个当兵走了几个月再没见过的侄儿。

记者拿着话筒问了他一句：在这举国欢庆的节日里站岗放哨，你有什么感想呢？

在记者把话筒伸向侄儿的那一刻，我担心极了，这孩子，拙嘴笨舌的，面对这么难的一道考题，他可怎么回答呀！

没想到我的担心竟然多余，侄儿拍着胸膛，声音洪亮地对着话筒也即等于对着全国人民回答了一句十分漂亮的话：为祖国站岗放哨，哪求回报！

哎呀，我很震惊，侄儿这次出去锻炼，变化也实在是太大了。

6. 跌羊崖

卧羊湾南边上有一条河，河湾处有一道断崖，那是经千百年流水冲刷出来的。"崖"这个字，当地土话不念 yá，念 nái。念成 nái 的"崖"字，那种传神的土味，只有当地人才能领会。

跌羊崖这个名字是什么时候叫出来的，现在已经说不清了，反正我爷爷他们年轻那会儿就这么叫开了。那时候的野草浓密得如铺如盖，卧羊湾里常有一片一片的野黄羊经过。蒙古族人和汉族人杂居在这一带。蒙人会打猎和饲养，不会种田。汉人会种田和饲养，不会打猎。

种田有种田的技巧，打猎有打猎的技巧。

燕子来在谷雨前，放下生意去种田；天旱不误锄苗子，雨涝不误浇园子；有钱难买五月旱，六月连阴吃饱饭；十年读了好诗书，十年种不了好庄户——汉人总结了许许多多的种田经验。

种田离不开犁耧锄镰，高明的猎人却不一定要用枪来打猎。

蒙人发现了黄羊，先是不紧不慢把黄羊往河湾那儿围，围得恰到好处时，在猎狗的帮助下猛一轰赶，就总有惊恐如飞的黄羊从断崖那儿闪跌下去，跌成大餐。

汉人发现了黄羊，是扔石头扔农具打，打住黄羊的时候少，打断自己锄柄锹把的时候多。

后来，蒙人学会了种田，汉人学会了打黄羊。

农业社成立以后，野黄羊消失得无影无踪，从跌羊崖上跌下去的，是农业社大集体里的绵羊和山羊。小羊和瘦羊不往下跌，跌死的总是羊群里最好的大绵羯子和大山羯子，人们悄声传说那沟崖边有神有鬼，跌死的羊是叫崖神崖鬼给收走了，吓得小孩子们大白天里也不敢去玩耍。神神秘秘的感觉，至今残留在我童年时的记忆里。跌死的羊，多数时候是队委会的几个人在牧工家开会吃了，偶尔一次，也会跟着再杀上几只，给全队社员们都分一下。社员大会上每次开会都强调：全体社员提高警惕共同监督，时刻防止跌羊崖上往下跌羊，最大限度减少人民群众集体财产损失，这个工作要常抓不懈。有个牧工叫折买地，他手上跌死的羊最多，可他却每年能评为优秀牧工，上台发言，戴花领奖，也不知道是怎么回事。

农业社大集体早已解散了，这多少年，再没听说过有谁家的羊，从跌羊崖那儿跌下去。崖下的河水以前是长流不息，后来普遍天旱了，夏秋里有水，冬春则枯竭成一条干渠。

跌羊崖唯余其名，再以后的事情，现在是谁也不知道。

7. 乌兰淖儿

淖儿其实就是草原上的湖泊，但这里的人不叫湖泊，叫淖儿。

在陕西和内蒙古的交界地，就有一处大的湖泊叫红碱淖儿，淖儿里的鱼，自生自灭了多少年，都没人吃，吃鱼是近几十年来才习惯了的事。据淖儿畔跟前长大的人说，他们小时候，大人才尝试着学南方人吃鱼。拿上柳条筐子走进淖儿边，想捞大的捞大的，想捞小的捞小的。炖出来，赶紧洗锅，彻彻底底洗好几遍，怕留下鱼腥味儿。当地的蒙古族人吃鱼更在汉族人之后。笑话说，有蒙人也想学汉人吃鱼，把鱼捞回家，不会杀，放在水盆子里往死淹，淹了几天才淹死。

红碱淖儿现在已经搞起了旅游开发，陕西人在淖儿的南面，内蒙古人在淖儿的北面，卖门票，卖红碱淖儿鱼，供游客们夏天里划划船、照照相，各挣各的钱，相安共处。

乌兰淖儿没有红碱淖儿大，乌兰淖儿在卧羊湾的下面，由上游的季节河注水而成。类似乌兰淖儿的淖儿在鄂尔多斯一带有很多，比如木肯淖儿、黑炭淖儿、七概淖儿、哈塔兔淖儿等。

乌兰淖儿先前是个国营渔场。

乌兰淖儿国营渔场的场长我还曾经见过。

我上高中的时候，和一个同学坐上班车进了一趟城，他舅舅把我俩安排在阿镇的国营旅馆住了一宿，一张床位那时是一块二毛钱。他舅舅之后当了乌兰淖儿国营渔场的场长。有一年冬天，他舅舅开车从乌兰淖儿的冰面上过，冰裂了，人和车都掉进乌兰淖儿里了。

他舅舅去世以后，乌兰淖儿国营渔场卖在个人手里，这几年也在做旅游开发，在淖儿畔盖了些造型各异的房子，卖门票，卖乌兰淖儿鱼，供游客们夏天里划划船、照照相，和红碱淖儿的那种旅游差不多，和其他地方那些旅游也差不多。

乌兰淖儿现在已成为当地稍有名气的旅游景点之一，地方政府也很重视，在公路上做了导向路标，每年冬天办一次开鱼节，开鱼节上有领导讲话，有电视台记者采访，还要拍卖头一网拉上来的头条大鱼，头鱼前年拍了八万八，去年拍了九万九，也不知道到底是叫什么人给买走的。今年的夏季旅游旺季就快要到了，他们这几天正在搞征文活动，动员许多单位里的人给乌兰淖儿写故事，写一些类似王昭君来乌兰淖儿洗过澡呀还是成吉思汗当年来乌兰淖儿饮过马呀之类的故事，谁写得好最后还要给谁发奖，进一步制造乌兰淖儿的文化底蕴和旅游名气。

8. 夜牧

太阳落山，鸟归巢，鸡上架，夜静以后，喜元的羊群就出坡了。

自从实施禁牧圈养以后，晨昏就颠倒了，人和羊白天休息，镇上的干部们下来检查，看见羊在圈里卧着，人在家里躺着，拍拍照，摄摄像，指指点点一番，也就回去了。其实，真正实施圈养了的少，多数还是依靠放牧，只不过上有政策下有对策，白天放牧改为黑夜放牧罢了。查羊的也学精了，白天既然查不住，就黑夜出来查。可是没等他们的车灯过来，放羊的早赶上羊钻了沟渠老林。因此查羊的在大路上就把车灯关了，远远儿停下，两条腿的人步走上过来往住逮这些四条腿的羊。

刚开始夜牧时，人们还不适应，尤其那些胆小的，又怕人，又怕鬼，所以山梁上沟渠里，不时会传出放羊人的歌声，好嗓子赖嗓子，七声八调，唱上曲儿驱怕。可是不多久，就没人再敢唱了，因为歌声会成为指引，不管你唱的是《黄土高坡》还是《月亮之上》，查羊的听见就等于他们在唱："我在这儿了，我在这儿了……"结果循声而来，一逮一个准。

禁牧政策时松时紧，不过一直延续下来，大面上来说确实起了好作用，山川地貌生态环境真的是越来越好，消失多年的鸳鸯野鸡之类又随处可见。现在村子里住的人少了，黑夜里的偷牧，甚或大白天在门前屋后的适度轮牧，已经是在草牧场的正常载畜量之中，镇上干部也就逐渐睁一眼闭一眼，不怎么出来真捉羊了。有时候上面领导要下来参观检查，包村干部还会提前打电话通知村长，告知这两天千万不要出来放羊，检查住可是没轻的。

有一次，一帮人来拍一个禁牧方面的电影，地点先选在村长家。演戏的假村长背着一背活草，背来背去背了好多遍才达到导演要求却已经明显晒蔫了的草撒进羊圈，结果羊儿们爱理不睬地过来闻一闻，怎么也达不到疯抢一片的拍摄效果，因为村长一黑夜把羊给放得太饱了。这场戏没法拍，只好另换在村民赵三家羊圈那儿重拍，赵三家那面草不好，羊放出去也吃不饱。

村里的真村长和村民们一样，也是白天圈住羊黑夜出来放；戏里的假村长却和村民们不在一个层次，他的思想境界高，自家的羊饿死也不放，为了说服村民实施圈养，他还要亲自割上鲜草，一背一背背上草往村民们羊圈里扔。

现在，不说真村长假村长了，还是回到喜元夜牧的事上吧。

那夜，星稀月朗，喜元吆着他的羊来到折买地坟湾。

喜元隔个十天八天，要转到折买地坟湾放一次羊。那儿草好。女人和胆小鬼不敢来，他和他的羊群独霸天下。

这一湾草，喜元的羊已经吃惯了，往来一吆，不用担心它们会乱跑，低倒头一气就能吃光，吃光也就吃饱了，等上十天八天，再过来吃一茬。

喜元胆大，他往折买地坟碑前一坐，发现石贡桌上有贡品，哦，明天是七月十五么，折买地的儿孙们提前来上过坟了。喜元瞧一瞧看一看，发现食品早就七零八乱了，那是折买地老汉出来吃的吗？当然不是，是叫野鹊子麻雀耗子们吃的。

但是这一堆贡品里还有野鹊子麻雀耗子们不吃的东西在：一瓶酒。

喜元拿起酒瓶看，是五粮液，瓶盖已经打开，敬神敬鬼以后还剩了多半瓶，当然是放下让折买地慢慢喝的。

喜元就瞅一眼折买地坟说：嘿嘿，你早喝得差不多了，还是我喝吧。

喜元就一口一口地喝上了。

喜元喝着喝着，52度的五粮液就把他喝晕乎了，在晕晕乎乎之中，他不知怎么就感觉自己和折买地老汉对上话了。

喜元：老折呀，你也是个放羊的，我也是个放羊的，喝你两口五粮液，你可不要小气了。

折买地：我那会儿放羊是展展亮亮给生产队大集体放，你这会儿放羊是偷偷摸摸给自己家放么。

喜元：老折呀，生产队那点儿穷家当早就分拆给各家每户了，这个你也再清楚不过，你这会儿总能说个实话了吧，你给咱生产队里放了一回羊，到底偷吃过集体多少？

折买地：实际上我也没吃多少，那会儿的人么，哪有后来这些人吃开来胆大。

喜元：还是少吃上些儿好，吃多了闹不好就吃进禁闭里头去啦。

折买地：吃集体东西也不在于吃多吃少，主要看你吃对吃不对会吃不会吃，那会儿也有一个羊吃不对就吃出事的，这会儿也有吃上千千万万啥事儿没的。你要问我经验吧，我告诉你：我这个人没吃过独食子，我要吃就和别人一起吃。一起吃了才保险。我把羊肉安安全全吃进肚里，我还吃出了我的社会关系，要不我咋能年年评上先进，我的大小子折来生能当兵当成干部？

喜元：人比人活不成，毛驴比马骑不成，来生这辈子活成了人上人，我这辈子就是放羊命。来生当官儿是当发啦。

折买地：你也不要给我说这些谁发谁不发的话，从古到今，多会儿也有穷人，多会儿也有富人，谁能一刮子削平？我提醒你，今儿黑夜可是有查羊的了。

喜元一惊，酒醒了，看见不远处有白亮的车灯朝这面照过来，吓得他赶紧吆起羊群，往沟渠里跑了。

9. 折来生

把折来生经历过的故事如果详细讲的话，没个三二十万字写不完。三二十万字，那是一本厚书，当然不好写，也不好出版，所以就简简短短。

前几天，和折来生吃过一次饭。

我听说折来生这个人已经多时，可是不惯熟，还是头一次和他坐在一起吃饭。

折来生是卧羊湾走出来的，当兵出身，先在乡计生办上班，后来倒换了几个地方，当的都是计生办主任，今年刚办退休。

别的人先到了，折来生来得迟，可他是这几人的老大哥，人们空下迎门的首席位置等他，东一句西一句闲扯。不多一阵儿折来生来了，粗喉咙大嗓子往下一坐，除了和我面生，稍微介绍了一下，然后也不问七长八短，把外褂往椅子上一搭，就噼里啪啦地喝开了。

折来生好酒量，喝得也痛快，先是各人面前放了分酒器，倒小盅喝，他嫌麻烦，都令换大杯喝，众人也就依了他，两大杯下去，气氛就随便多了，也热闹多了。

折来生平时爱吹炫，在他的朋友圈范围之内也有豪爽和讲义气的一面，但是嘴不饶人，逮住谁他也要挖苦几句，所以众人一有机会就围攻他。

一人说：折主任，我前几天回卧羊湾，老家人传说你给你大上坟，满满儿摆了一桌子，野鹊老鸹混来一大片可吃好啦，最后剩下半瓶五粮液，把刘喜元喝醉了，给你大坟上尿了一道……你这回没给你大烧几捆现金？

折来生：烧现金算啥哩，我还给我大烧了两个小姐。

这么一说，也就把那人的嘴给堵死了。

另一人说：折主任，你说你身为计生办主任，光管别人不管自身，在家里头超生不说，在外面还鼓捣下一窝……你根本就不应该在计生办上班么，你到人口转移办那些地方还好听些儿。

折来生瞅了他一眼：黑老鸹笑猪黑，猪还有四个白蹄蹄，你是没当上，你要当上你比我也灰，你背地里那些事还等我给你往明挑哩？

那人正好有短头在折来生手里握着，便尴尬一笑，不敢多言了。

又一人说：折主任，人们传谣说你把你连襟给起诉了，真的假的？

折来生脖子直得铁硬：我不起诉怕甚呢，人是亲戚钱又不是亲戚。

听说折来生家族在筹印家谱，对于他们折姓家族里一部分发达了的人，家谱里还要收录他们的简要人物传记，从柳沟村走出去的一个写诗成名叫唯真的人给折来生写了一篇，主要介绍他历年来在计生战线上所获各种表彰奖励的事迹，折来生却看不上，说：太虚，太虚。

有人就指我：让老苏写你吧，他写得可实呢。

折来生扭转头问我：你咋写我？

没等我说话，旁边一个嘴快的说：就写你压住人家怀肚老婆硬给往下挤娃娃的事儿，还有你咋往出鬼弄计生指标……折来生没等听完就摇头否定：太实，太实。

折来生端起一杯酒：写文章么，太实了不行，太虚了也不行，就在虚虚实实之间，你们以为我不写文章就不懂写文章？还有什么书法摄影绘画那些玩意儿，不就都讲究个虚虚实实？还有咱们来这世道里混，所有的关系，同学呀同事呀同行呀战友呀，甚至兄弟姊妹夫妻之间呀，不都得讲究个虚虚实实？

众人听得肃然，虽说各怀心腹事尽在不言中，但看上去都恭恭敬敬地和折来生碰了碰杯，喝了他提议的这盅。

平平淡淡的日子

1. 邻人疑斧

放学时候，在小学门前等孩子，经常能遇到一退休官员，面无表情地接孙子，好长时间了，不见有谁和他说话，也不见他和谁说话。只有去年冬天的一次，一个他手上提拔起来的副局长很稀罕地过来和他握手，他方露出一面光辉的笑容。

那些年，他在台上威风讲话，我在台下无奈鼓掌，我们之间隔了很大距离。我认得人家，人家哪里认得我。

现在，在学校的大门口外，一不小心就会面对面和他碰在一起，看见他老农般朴实甚至有点可怜巴巴的样子，我当然还是认识他，而他当然还是不认识我，我们至今也没有说过一句话。

问题是，以前我怎么去看，他鼻子眼睛走路说话哪儿都像是个领导；现在我怎么去看，他鼻子眼睛走路说话哪儿都不像是个领导。

想起一段很有趣的《邻人疑斧》的古文：

人有亡斧者，疑其邻之子，视其行步，窃斧也；颜色，窃斧也；言语，窃斧也；动作态度，无为而不窃斧也。俄而掘其谷而得其斧，他日复见其邻人之子，动作态度，无似窃斧者。

其邻人之子非变也，己则变之。变之者无他，有所尤矣。

末一句翻译过来：变的原因也没有其他，是被偏见所蒙蔽。

领导变没变，咱不知道，而我，肯定也有被偏见给蒙蔽的地方。

2. 《遍地生辉》

家族里的两个老念书人，追溯一下祖辈们的种田历史，弄成一本家谱，让我拿上印成个像样的册子。我去市里的报社印刷厂，与他们谈版式和印价。他们给我拿出一些样本，我翻看，比较，其中一本因编著者的名字眼熟，我就把内容也翻看了一下。

这是一本叫《遍地生辉》的书，编著者是唯真。

哦，唯真，他就是柳沟村里走出去的那个写诗成名的唯真吗？他还是我高中同学呢，只不过多年不见而已。

翻开扉页，见满满当当的一堆照片。呵，果真就是那个写诗成名的唯真么，有他老婆勾着他肩的，有他搭着他老婆背的，还有不知道几张，尽是些他和这个什么名人那个什么名家的合影。

心底里就冒出个很自卑的念头：换了我，哪有人家唯真这么晒图胆大。

《遍地生辉》标明是一本"报告文学"集子。

有点奇怪，"报告文学"听说不是早就死了吗？

看来没有，它在我们这儿还活着。

这本书是围绕一位中心人物写的，按照我学过的那点语文课本里的说法，应该说是塑造了一位典型人物吧。

典型人物姓扣，一个提手旁，一个张开口的口。

书的前半部分，写的是灭蝇办扣主任当年的闪光事迹，一列作者名字中有唯真、有唯真老婆——他老婆不是初中还没毕业就进食堂端盘子了么，不知道什么时候也写开了。

后半部分，写的则是扣主任升任蝇保局局长以后的事，作者名字里有唯真、有唯真还在上幼儿园的儿子，还有几个名字我没见过。

具体写些什么，扫一眼，有"爱（灭）字第（×）号文件"精神什么的，也没细看。

我又不是个什么文学爱好者，向来不爱看他们那些诌书捏戏以假冒真欺世盗名的东西。

唯真以前不是个专心写诗不写乱七八糟的诗人么，不知道什么时候也写开这些了。

不过这也怨不得他，谁也能理解。环境改变一切，环境塑造一切，唯真他也是为了生存么。

可是，为了生存，做点别的什么不好，偏要去污人耳目，糟蹋纸张，这个又有点不好理解。

不好理解的事多着呢，只是我少见多怪罢了。

我把《遍地生辉》推开，不想参照它。

3. 木匠戴柳

几难友小聚，以债务话题佐酒。

L说：哈呀，给你们说个稀奇事，我今儿听见说越宽也进去了。

Y说：咦，不是哇，前几天还在法院楼道里碰见，和我握了一下手么，咋就进去了？因为甚？

Z说：我也听见了，好像是叫人检举的，说单位里一辆奥迪车，一年报销的修理费能买两辆新奥迪。

J说：越宽可好人么，还有人要检举。看这个，人能和遍人了？惹下谁也是个麻烦。

L说：那个人可好说手，我遇过一回，摊账上一往下坐，天南海北尽他一路子说，别人连话把子也插不上。

S说：肯定那天在座的数他官大了。

L想了想：嗯，是了。

众笑饮一杯。

Y 说：哎呀，越宽可是有一个厉害老婆了，我甚不甚早早儿给还清啦。

Z 说：人家说这回就是他那个厉害老婆给厉害下事啦。越宽给他一个老同学放了一笔钱，他老婆去闹事，嚷闹得人家连班也没法上，估计是叫他老同学给捅了。

L 说：人可是说不来，越宽身为一狱之长，谁能想到他自己倒给跌进监狱？真是应住了那句木匠戴枷的古话。

4. 学长

八十年代，恢复高考几年了，我们这些乡村民校里出身的农家孩子，因为基础偏差，应届往上考一个能跳出农门的大中专学校很难很难，往往需要回炉补习一遍两遍甚至三遍五遍才能冲过线。个别铁了心要往出考的同学，能在周边好几所学校硬打一圈"通关"。所以，毕业以后到处是同学，"做事务"时，光同学就请好多桌。

高一开学一些天以后，我们班转来一个刚从二中考场上败下来的新同学，文科特别好，理科特别差。高高的个，蓝色的上衣，背上落色成了灰白，坐在最后排，在班上不怎么说话，却性格开朗、与人为善，随身带一只小口琴，有空就吹一曲或婉转或忧伤的歌，隔一段时间就能收到一封已是渐行渐远的神秘的"贺姐"来信。

因为偏好文科，下了课我常往他坐的后排凑，不久就熟惯了。熟惯不久，他就退学了，回老家当了民办教师。

他家里弟兄姊妹多，五男四女，陆续上学，他不能挤占父母均撒给每个孩子的有限阳光。

后来，我们之间有过好些书信往来。

1985 年春夏，我在旗一中补习，正是最贫寒的时候，这位学长来看过我两次，一次给我资助了五元，一次给我资助了八元。那时候的钱值钱呀，他当时一个月的工资，好像还不到二十元。

现在，三十年时光弹指而逝。

有些话，沉甸甸的，深埋在心底，从来没有说过。

5. 出售情诗

有人在微信里将我拉到本市一个读书群，我进去逛了逛，感觉一片陌生，因为我的社交圈本来就小，认识的人也少，微信里人们用的又多是不显真名的昵称。

当然也有例外，宋老师就是其中之一，可以看见他的真名和头像。

宋老师是"文革"结束恢复高考招生后的第一届师范毕业生，教了几年书，文章写得好，就改行调进市里的日报社当了记者。我十多年前还见过他一两次，那会儿他已经身为一个厂的厂长，不写文章了。

现在，宋老师应该是退休了吧？看到他注册了公众号，很勤奋，隔三岔五地推送自己的新文章。

其中有一篇是写鄂尔多斯债务的，说他前些年也挣了些钱，结果放高利漂出去了，要不回来，现在只剩下一份裸薪，一切有待从头再来。

这场借贷大潮，卷进去的实在是太多，现在好多人又重操旧业，该做什么开始做什么了。

忽一日，看见宋老师在微信上发布广告：

本人出售情诗，一首500元！购买者拥有此情诗的著作权，即不再是我宋某的作品。有意者请进入我的公众号自由挑选。

呵呵。

过了两天，我还记着这事，就发了个私聊：宋老师，看见你叫卖情诗，有认购的吗？

宋老师回复：哈哈！还真有人要。

6. 爱恨之间

丧子之痛，作为一个母亲的感受才最深。

那年正月，12 岁的独生儿子不幸被一辆酒驾的大客车当场给碰坏，阿霞哭倒了，哭得天昏地暗，人事不省……

我的儿呀……我的命呀……我的心肝呀……妈妈咋才能替回你呀……

在不吃不喝的极度悲痛中，在一种非生非死非醒非睡非明非暗的恍惚状态中，阿霞看见，儿子在一条滚滚尘路上离她而去，回过头给她摆摆手说了一句：妈妈，我走呀！

那之后，就如同活剥过了几层皮，阿霞总还是活下来了。

阿霞跑到一座寺庙上，请一位会算因果的上师给她掐算。上师认真地算了一番，告诉阿霞说：这孩子是你的前世仇人，现在，你们之间的情缘已经一笔勾了了。

这么说，阿霞虽能感到一丝释怀，可是，哪里又能真的放下呀。

阿霞夫妻俩给儿子买了一块地，打问到一家病逝的女孩，给儿子结了一门阴亲，像安置过世老人一样安置了儿子。逢年过节每每探看，一炷炷升燃的长香，接天连地，寄托着他们对孩子的不尽思念和护爱。

孩子实在是太优秀了呵，哪门课程都学得好，要不出事的话，不久就要上央视的一个少儿节目呢。

儿子的卧室，他们保持了原样，几年都没动。

书，给放在书的地方。

笔，给放在笔的地方。

还有那些栩栩如生的照片呢，活蹦乱跳的玩具呢，那些奖杯奖状呢，都给放好，放在原先的地方。

饭熟了，先给儿子的相前端一碗。

天黑了，把卧室灯给开着，怕他害怕；临睡，再小心关了，怕刺眼。

母爱，一如既往地在倾泻、播撒。

有一天半夜醒来，披头散发的阿霞，疯婆一样，怀抱着白天黑夜不离身的儿子的一个相框，无缘无故地就往医院跑，医院是儿子最后的离身之地……跑在半路时跑累了，就靠坐在一处没交工的黑洞洞的空楼房脚下，就在那种非生非死非醒非睡非明非暗的恍惚状态中，阿霞听到了儿子的声音：妈妈，我回来呀！

不久，阿霞怀孕了。

现在，十年时间屈指而过，阿霞九岁的儿子已经上三年级了，在最近一次的期中统考中，成绩在全年级五个班里名列第一。

阿霞又活过来了。

阿霞又跑到那座寺庙上，请那位会算因果的上师给她掐算，上师认真算了一番，告诉阿霞说：这孩子，是回来给你报恩的。

7. 饮者

高回城里来了。

高夏天在老家住，老家青山绿水，眼清耳静，看看书，上上网，喂喂鸡，照应八十多岁的老娘，和村里的哥弟子侄们喝喝茶抽抽烟，也纵谈国事，也闲话家常，隔些天醉上一场，酒瓶在院子里倒栽成一条甬路。

冬天就回城里，在楼房里过一个暖冬。

高回来不多几天，就打电话，要几个人坐坐。

坐吧，坐就等于是喝酒。喝就喝吧，好些天不喝酒了，也好些天不见高了。

但是和高喝酒是有风险的，不能喝多了。一喝多，话不投机，他的暴躁脾气就上来了，和谁都可能当场拍桌子翻脸。

随便说几件高喝酒的故事吧。

十多年前，高在老家的乡镇学校当过一任校长，没当校长的时候经常烂醉如泥，当了校长夹起尾巴做人，酒不醉，言无

失，把个学校还整治得焕然一新像模像样。熬了几年差不多也
算功成名就了吧，一次和主管教育的乡书记喝大了，几句话没
说对，拉起一把餐椅就往书记身上砸过去。这一砸，书记没什
么事儿，他的校长泡了。

高当校长的时候，遇上教育局长也是个廉洁奉公的直人。
局长经常关注高的学校，高觉得过意不去，年底提了两瓶酒去
给局长拜年，可好夺扯了半天才收下。局长非又要把自己的酒
给回两瓶，高拿了一瓶，是一瓶"酒鬼"，一直珍藏着，几年
没舍得喝。

高的妻舅舅是早已退休的老干部，从平房往楼房上搬家
时，几件旧家具要送人，高听见了就说：把那个老木柜子给我
吧，现在是掏钱也买不来的。等搬家具的把柜子给高送来几天
以后，高清理一下，发现柜底竟有两瓶三十多年前出产的老
"茅台"。哎呀，好东西！这可是好东西！高赶紧给妻舅舅送
回去，妻舅舅感慨道：好外甥，这是个好外甥。

这么一个好外甥，就是酒风不好。

前两年，几个人喝大了，散场以后高打的回家，走到小区
大门口，司机说到了，高撩起眼看了看，卷着醉舌说：你再往
前……再往前走一走，你把我……送到单元门口。司机坚决不
送，高勃然大怒：妈拉个巴子，你送人送在半道上不送啦？

司机还想和他争辩什么，没等把头摇完，高一个耳光抽得

人家满脸鼻血：我不走了，你报案吧！

花甲已过的人，火气还这么大。

高烟瘾也大，抽起来一根接一根。其人鹤发童颜，博览群书，文字功底也不错，年轻的时候曾经在一个剧团里当过一段时间编剧，编什么呢？有《一把镰刀》《红灯记》《白毛女》那样的范本在，但是这样的剧，他编不出来。

编不出来，便憋闷得厉害，如此而已。

那天，高打过电话以后，几个人如约而至，没有任何客套，随随便便地喝了一些，说了一些。

也喝得差不多了，转眼之间，几个人悄然而退，只剩下高和我，默不作声。

"哼哼，我这一生，一事无成呀……"高按灭一支烟蒂，抬起头，目光如电盯住我："你，你小子他妈的，也跟我学呀？"

看见高大瞪起眼，又醉了。我二话没说，跳起就走，我也不敢和他喝了。

人各有所好，高这一生，不好官，不好财，不好赌，不好色，但是好酒。

在众声喧哗中，我写这些字，为这位饮者立名。

8. 根

一

节前，回乡祭祖。

祭祖的事，以前不理解，以为只是单方面尽活人心的形式而已，没有什么实际意义。

这几年的想法不一样了，感觉一个家族就像一株树，故去的老人如地下的树根，活着的儿孙则是他们滋生出来的枝梢，看不见的地下部分与看得见的地上部分互为涵养，互为表里——我爷爷他们在世的时候常说一句古话：财帛出在门里，子息出在坟里。

《了凡四训》里说：有百世之德者，定有百世子孙保之；有十世之德者，定有十世子孙保之；有三世二世之德者，定有三世二世子孙保之；其斩焉无后者，德至薄也。

村子里的人，一个也没碰见。

路上的车辆来来往往，但是玻璃隔着玻璃，我近视眼，也没认清一个。

人多数聚集在了城里，只零零星星地住着几户上年纪的。

四清多少年一直没出门，就在老房子那儿住着。

我去年冬天回去时还见过他，和他说了点儿话。他说不出门有不出门的好处自由，睡在半前晌起来也没有人该管，合住眼到大门外搂柴也不用担心出个什么交通事故，就是太孤寂，也闹不下钱。

人挪活，树挪死。四清的三个哥哥，他们的名字分别叫作买地、员外、发财，他们走出去多年了，过得都比四清要好些。

四清现在的实际年龄是 52 岁，身份证上的年龄却已经 72 岁，以前派出所给弄错了，他也懒得去更改，现在因错得福，已经领上了 60 岁以后才可以领到的养老保险和 70 岁以后才可以领到的老年人补助。他实现"百岁老人"的目标，希望当然是很大的，照此活下去，到时候说不定还能因媒体炒作什么的有些额外好处呢。

那会儿，四清家的阶级成分好，他父亲曾经当过我们那儿的大队干部，好像是当过民兵连长，还当过贫协主任什么的。

三叔家还是许多年没变的老房子，他当过好多年村干部。我在小娃娃的时候他就是村干部，前几年还是村干部，不过在最后一次的村长竞选中，可能主要是因为年龄关系没选上。三叔为人处事很低调，虽然早些年就给儿子在城里买了楼房，但自己一直在村子里住，穿得烂，走得慢，从不彰显自己的与众不同，朴实如一颗山药蛋，随便裹扎在一堆山药蛋群众里不惹人注意。不过我听他的一个本家弟兄说，在这次的全民放贷大潮中，三叔也没能例外，他给城里做房地产生意的亲戚放了一笔钱，要回来的希望已经不大了。

金山哥前几年当上了社长，他盖起一处村子里最显眼的大宅院，有时候在城里住，有时候回来住。他一直爱喝酒，上上下下的人缘都还不错，他父亲那会儿也曾经是我们大队里很有名的革命干部。

冯援朝是个地地道道的穷人，"文化大革命"的时候是根正苗红的穷人，改革开放以后直到现在也还是货真价实的穷人。可是我几个月没回去，他的烂土圐圙房就变戏法一样成了五颜六色光明灿烂的大院子，原来是今年沾上了自治区政府"十个覆盖"工程的光，以公家补贴为主，让他这辈子住上了新房。

占元哥早就搬进城了，今年也是趁上领公家补助回来盖起一处新房，儿子开食堂赔下了，他们说不定哪一天真要回来安度晚年呢。

今年公家是补贴上钱鼓励人在村子里盖新房，前几年则是补贴上钱叫人往城市里搬。占元嫂笑着说，公家政策一股儿风么，有时候呼啦啦西，有时候又呼啦啦东。

据说几十年前民间就曾有古话流传，说有房没人住，有路没人走什么的，也许就是今天这种情况的应验吧。现在乡村里的空房很多，城市里的空房也很多，公路上跑的都是各式各样的汽车，步行的人少而又少。

二

经社长电话通知，要统一回老家丈量耕地。

我家还是有户口和耕地的，所以就回去了。

正是最寒冻的三九天，冷得人瑟瑟发抖，可只要是涉及耕地问题，人们就都回去了。

几个人先在吴三婶家暖了一阵儿。三叔没在家，三婶热情地泡茶递烟，说这说那，稀罕呀，稀罕呀，好多年不见了，但我们都还是一眼就认出了对方。

三婶家的起脊砖房旧了，光线不大好，也冷得很，但是就像三婶说的，再冷也比外面暖哇。

地下没有沙发，放一张大床，我们就在炕楞边和床沿上坐了一阵儿。三婶还养着几盆花，墙上挂一张很大的像，是习近平和他的常委们。占元哥认真抬起头看他们一个一个的出生年月，给我们说这些人里，数谁的年龄最大，数谁的年龄最小。

上午没能轮到我们，从东往西，先丈"大圪台"的。

"大圪台"上已经没有我家的地了，所以不用操这个"大圪台"的心。

生产队刚分开的时候，"大圪台"上曾经有我们家的地，爷爷耕作过十多年，我也多次跟他去劳作过。

那会儿，我们是四个人的地，旁边一户是我们本家，他分的是两个人的地，每年往我们这边占一犁，占了几年，看见他两个人的地和我们四个人的地一样多了，他就用活沙柳栽上了死交界。

1993年的正月，我爷爷去世了。我爷爷去世以后，那块地我们还种了一年。我们种的是葵花，葵花种过以后，另一边地界的人随后种山药，又狠狠把我们的地往里挤占了一犁。第二年等上社长让我们退地，说要给新生人口补地，我们就干脆把那块"大圪台"的地给退掉了。

中午在占元哥新盖起的"覆盖"房里，生起火炉子，熬一大壶茶，就着烤馒头，站下说话。

为什么不坐呢？因为他还没置办下沙发桌椅。

为什么就有茶喝有馒头吃呢？因为他前几天回来住过一黑夜。他接到村长通知，让他在那一天一切都要做出真真实实过日子的布置来，说赵书记他们要亲自下来视察。他就头一天从城里赶回来，把电接通，水瓮抽满，行李铺好，炕桌摆上，搂了二抱柴火把家烧暖。第二天早早儿起来，一会儿在炕上坐坐，一会儿出院子外转转，满一天不敢远走，眼看天黑了还没动静，才打电话问村长。村长说领导不来啦，你该干什么干什么去吧，他就赶紧把电闸拉开，把水瓮里的水倒掉，让儿子开车来把他接回城里去。孤零零的一个人，生冷炕上实在是不好睡。

下午轮到我们，把门坡前的一块地丈量了。

门坡上的邻居们，多数都签了移民协议推倒旧房进城了，五保户吴二绵的房却还孤零零地立着。他的本族人吴兽医笑着说，那人的房不好往倒推，要想往倒推，还得政府给买女儿骨了。

做测量的两个年轻后生要下班了，我们往回返。南梁上住的员外嫂搭车回家，留我们说住着哇，住着哇，住着我给你们炖猪蹄子吃，你们明儿还不得回来么，省得你们来回跑。这个员外嫂我还是第一次见，原来他们已经搬回老家好些年了。我在老家住的时候他们在外面，他们搬回来以后，我已经出去了。员外哥那会儿因为家庭成分好，受推荐上过一个中专学校，毕业以后当上了公社治沙站的技术员，本来过好了，却因为超生第二胎被开除工作，搬回老家躲也没有躲过去，而第二胎那个刚刚大学毕业了的儿子却又出了交通事故。员外嫂的叹息，让人心生怜悯，又不由瞎想：那孩子难道是他们老人手上留下冤结的讨债鬼上门吗？

第二天又回去一趟，丈量了剩下的两块地，见了好些个多年未见的村里人，依然在占元哥的冷房里站了一中午，人挤得满满的。后来，老村长也来了，我在生产队民校里念书时教过我们三年的飞子哥也来了，邻居二叔也来了，他们刚才都在别处喝过酒了，潮着，说了一气。

三

老人活了七十多岁，差不多六十年就生活在这村里，栽植，收种，放牧，很少走出方圆一二十里以外。

老人年轻时从南面过来，租人家的地种。因为天年好，土地好，人也吃苦，收成就好，省吃俭用积攒了几年，就自己买了地，持家立业。

后来土改，地归了集体。

再后来生产队解散，老人又分得一块地。

六十年甲子一轮回，六十年世事多兴衰。

如今，老人已故去，他静睡在他分得的一块土地上。每逢年节，儿孙们从城里回来，跪拜在他跟前，点香磕头，烧化纸钱。

老人的枝梢已延伸到城里。

而城里人的根，又深扎在乡土中。

老人一生命运坎坷，走的是一个背字。以贫为荣的年代，他因为有几十亩地几条牛而被定为富农，受尽百般侮辱欺凌；以富为荣以后，他却精力耗尽，沦为贫民。

和他一起从南面过来的另一位老人，命运走的却是一个顺字。以贫为荣的年代，他因赌博输光家产，成了腰杆儿硬正的贫农；以富为荣以后，他从旧房墙根下挖出几颗斗地主时埋下的大元宝，买地置田，成为富人。

然而沧海桑田，风云俱过，如今他们均已入土，静睡为邻。

关于这一段隐衷和曲折，先哲老子在几千年前就已一语道破：天之道，损有余而补不足，人之道则不然，损不足以奉有余。

是啊，没有永远的高山，没有永远的大海。山高到一定时候，自然力量要减削它；海低到一定时候，自然力量要充填它。所以，不管千变万化，地球永远保持一个大致的球形；而人类社会的发展规律却相反，贫富分化是促进社会进步的动力——人类应该从昨天那种铺天盖地的平均主义灾难中获得长久的免疫力，千万不要再搞那种倒行逆施的阶级斗争。

9. 照片背后的故事

一、曾祖父、祖父和父亲

这是一支善良的家族。

如果一支善良的家族好比是一群绵羊的话，那么曾祖父则是这群绵羊里的头羊。

曾祖父年轻时领着一家老小，由边墙南面的府谷地搬迁到边墙北面的新庙梁。住了些年以后，还是觉得新庙梁的沟沟渠渠太多，不宽展，就再往北迁，迁到了西北面的合同庙，定居下来。

曾祖父精明厚道，和一个大侄儿一里一外掌管着一个大家庭好几十口人的生计，省吃俭用，家道欣荣，挣下钱买了地，买下地种着田。

曾祖父那会儿有声望，说话有人听，据说还当过一段时间的地方领导，叫个什么什么长。

曾祖父爱喝点儿小酒，身上常揣一只锡酒壶，高兴了，就乐呵呵掏出锡酒壶抿两口。

新中国成立前后，从南面过来一个侉子，在曾祖父的大家庭里打过一尖，吃了一顿饭歇了一晌午。他看着曾祖父一家人忙忙乎乎挣家业，就给曾祖父掏耳朵说：置田买地狗日的，穿了吃了有福的，赶紧往起收摊子吧。

曾祖父不以为然，结果没能逃过一劫。

另外一家人，也是从南面过来置田买地的，因为耍赌把家产输光了，结果却走运了，阶级成分定成了贫下中农，后辈儿孙们因此发展顺利，村官乡官的有，州官县官的也有。每每感激地说，是我们的老人，他们把好事给我们儿孙们做下了。

曾祖父有四个儿子，我爷爷是他的三儿子，他晚年是和我爷爷我奶奶他们一起过的，晚景凄凉。

曾祖父、祖父和父亲

　　这张照片摄于 1952 年，从穿着上看，他们当时还没有被打倒。

二、爷爷和我

　　我爷爷年轻的时候，有个会看麻衣相的人拉过他的手给看了半晌，说你这个人呀，以后遇在 "8" 字上可有点儿难处了，难得不在些许……我爷爷也没咋在意。

　　我爷爷晚年的时候，经常说起这件事，感慨命运的神秘无常：1958 年的时候，"大跃进"，叫抽调在几百里路外饿着肚挖了几个月 "三黄河"，累得死去活来；1968 年的时候，"文化大革命"，又叫人批斗得抬不起头直不起腰；1978 年的时候，唯一的养子突然去世，这让他的余生，过得格外沉重。

　　1985 年春天，我在旗一中念书，听说我的伙食费花完了，

爷爷和我

爷爷走了几十里路给我送钱。当他掏出六张汗湿了的十元纸币递给我时，我的心紧缩成了一团。第二天上午，我领爷爷去阿镇的国营照相馆照了上面这张相。

三、爷爷和我们住过的土屋

旧土房沙压得住不成了，爷爷和人换了好多工，盖起了新土房。

房是盖起了，也住了进去，但内墙却没细抹，坑坑凹凹着，没法刷白。请个匠人吧，付不起工钱；再换工吧，拙工换巧工，三天才换一早晨，暂时也换不起，就那么将就着。

　　户族里的四爹，年龄已经大了，头也摇手也抖，腰弯得很厉害，早已不是劳力了，却自告奋勇地过来做了好几天，把这道工序给完成了，不要任何报酬。

　　好几年以后，我刚挣上钱，四爹还在，我给他买了几盒"青城"烟，他抖着手接住了，笑得那么开心、那么亲切。

　　四爹不久就去世了。

　　但四爹让我无法忘记。父亲早早去世的时候，四爹来过，四爹的眼泪当时啪啪啪往下掉。

　　人与人，恩传恩，恩情绵绵，恨传恨，了无止限。我不知道老辈人之间曾经的恩情过节。

　　1979 年盖起的土屋，1993 年正月，我爷爷在这里去世了。

　　这张相应该是 2010 年祖母去世那年照的吧，政府实行生态移民，土房子快要推了，我回去照下这张相。好几年不住人的土房子老化得很厉害，野草满院，蜂窝遍墙。现在，土房子早已被夷为平地。

四、本族人盖起的家庙

　　前些年，户族里的四哥突然有一天从老家打来电话，要让我赶紧回去一趟，说他们从南面请来了"灵感爷"。因为这两年他们经常会意外地死猪死羊啦，或者是无缘无故地头疼脑热啦，所以好不容易从南面请来了"灵感爷"，要给五爹家寻找丢失了的前五妈，要给保元哥家寻祖坟，要给占清家看流年。

看的结果是，已经去世多年的父亲要"出神"，已经打扰上他
们了，现在需要马上开坟。

我回去了，但是不同意马上开坟。

我说"灵感爷"的事我相信有，我也真的亲眼见过，但
是现在先请他把保元哥家那几座已经用推土机连挖了几天还没
音信的被生产队大沙压掉了的祖坟找出来吧，先请他把五爹年
轻时候娶回来早早过世了的前五妈找出来吧，然后咱们再开坟
才可以。

户族里的人满眼看着"灵感爷"，"灵感爷"也只能同意，
他得证明给我们看。

但是"灵感爷"又折腾了两天，一件事也没办成功。

算账时，"灵感爷"一块也没给少算，满家人希望他能少
算点儿呢，都是些种地为生的老实庄户人，可他却一块也不给
少算，说"神楼儿"是他从大庙上租来的，庙上的钱，咱哪
能闪欠呢。

庙上的钱，谁也不敢闪欠，保元哥当时就一五一十痛痛快
快地数给了他。保元哥与疾病打了几十年交道，欠下谁的钱，
给得也没这么利索过。

过了一两年，听说户族里的神被户族里的四哥给顶起来
了，当然并没有我父亲。

四哥顶起神以后，每年农历四月廿八日要过一次神会，我

还回去参加过两回。他们烧香磕头，我也烧香磕头，他们喝酒，我也喝酒，他们吃肉，我也吃了肉。

后来他们问神，他们要问一些很具体的问题。有的老辈人要问一问年龄已大的儿子甚会儿能找下对象呀，有的年轻人问老家甚会儿能征地呀，征了地我们也就有钱买车买房放高利啦等。

但是我一次也没有问过。

因为我知道，祖上原本就是一些实实在在的庄户人，他们现在就是真的为成神了吧，那请他们说点儿明年起来该种糜子好还是该种山药好还差不多。要让他们勉为其难说世事，面对一摊杂乱无章的纷繁世事，他们又能说出多少准定呢？

春日随笔 （代跋）

一

冬至过罢，数完头九数二九，数完三九数四九，直到把最后一个九数完，高楼背后的积雪也融化了，春天的气息日渐浓郁。

因要出版一册笔记类文字《记忆的碎片》，掂量一下，分量还轻，怎么办？那就再写写吧，随笔而记，不拘多寡，记一下我在这年春天里的一些心路和足迹，并以此代跋。

二

他是家乡走出去的一位成功人士，也是一位风流人物，现在早已告别了权色利诱，无官一身轻了，我便敢试着联系一下他，先短信，后微信。

人在京城里，保养身体。

给他推荐说应该读读佛经，原来他已开始读了。

问他读最多的是哪一部，他说是《坛经》，读《坛经》能读出自信。

问我读最多的是哪一部，我说是《地藏经》，容易入门又通向无穷。

大者如他，小者如我，对于佛学，都结缘太晚了吧。

但也不晚。

知迷而返，回头是岸。

三

新加了一位微信朋友：石头。写诗的。文字和内心都力求干净，印了 101 册诗集以成本价在圈里发售："唯愿随缘购买，能有一字一句相应，都是累世之缘，我心感激；不作赠送，也不希望碍于情面来买。"我读不了诗，但替他转发了一下。转发也是一种支持。

删除了一位微信朋友：超市大赢家。本地的，开韩品超市。前些天跟着抵制"萨德"，在微信上将韩货纷纷下架，从抢眼处挪置在背隐处代之以国货当门面；这两天听见新闻里的说法改变了，他也迅即改变，赶紧埋头换货恢复原状，并在微信朋友圈里连连晒发，要把这些天来的损失名正言顺地加倍补偿回来。

四

邀约一朋友来，泡一壶茶，聊了半晌。

张王李刘赵，郝白郭马冯。

张在京郊租了房，雇了做饭的，长住在那里，回来拉人头去做金融传销，在这儿被认为是违法的，在那儿据说却合法，叫什么共享经济。尽是些歪门邪道，但你抵不住那么多人去做。

独生子女政策施行了三十多年，有人总结说，领导们生女孩的居多，全中国都这样。王局长往出嫁女儿时，在台上哭成个泪人，嘴抖得连话也没讲完整。

李，人叫他一匹鬼，好长时间了再没见过。他给你说的十句话，有九句半以上是假的。好多人都不理解：他不那么满嘴假话就活不成吗？可是，这也不能只单单去责怪他，他不说那么多假话，谁会给他颁那么多奖呢？

正月初几上，亲戚们一家叫一家吃饭。刘三和赵四是连襟，赵四全家在刘三家红火热闹吃罢饭喝了酒下楼走呀，刘三老婆在楼上整理了一下窗外的菜篮子，一只冻饺子宿命般掉下去，端端正正砸在了赵四老婆的头上，一趟医院住下来，双方因为医药费、误工费、精神损失费的赔偿问题商量不好，官司打到法院，白厅长亲自给开了三次庭才勉强达成调解协议，一年给两万，总共五年半给清。赵四说能处理就处理了吧，亲亲处么，以后正头半月上事头事务上还得来往了，又不是纯粹的两旁外人。

说罢张王李刘赵，还准备说说郝白郭马冯呢，朋友一看手机：马上要到下班时间啦，我得赶紧回去签退呀。

哦，上班人么，签到事大，签退也事大，中间过程似乎可以忽略，两头可不能不管，那你先忙你的去吧，咱改日再会。

五

金宝，我，还有L，三个人在一"庄户人家"餐厅小桌坐了一中午，点几个菜，喝一瓶红酒，说了些话。

金宝就叫金宝，真名实姓，是高中时同学。

金宝那年考的是一个气象学校，管天的，大得很，却是清水衙门，于是改了行，当过一任银行行长。但人太实在，也太清廉，后来就跳出来，给一家私企打了工，直到如今。

金宝念旧，重情义，每年都要跑回来，召集一两桌老同学吃一顿饭，叙旧话新。因为上一次我和L没参加，所以才有了今天的个别聚会。

说了一些很大的我们无法见证的上面的事，也说了一些很小的我们身边亲历的事。说过也就说过了，回头想一想，能记清的却少。

金宝有个远亲姑姑住在乡下，已经七十多岁了，他每年都要去看望一下这个姑姑，今年还没有去过，他准备这几天就回去。那个姑姑，好像就是金宝刚出生时的救命之人。

一个地道乡民的老同学，娶儿媳盖新房缺钱，金宝给借了五万。好几年了，他一次也没催要过，而他自己其实也没有多少积蓄。

那年，金宝刚上班，从外地回了老家，我和存喜步行几十里去看他。一瓶60度的鄂尔多斯白酒，我们两个人顶多喝了二两，他一个人至少喝了八两。

存喜平平淡淡上班一年以后，有个周末遇见一个陌生的中年人，自行车上驮着一袋面，挺吃力地上一个坡，存喜就伸手帮他推上去。那人问了问存喜的单位和名姓，也没多说什么。

第二天，政府办打来一个电话，叫存喜去某间办公室，说有领导要见他。

存喜莫名其妙去了，原来领导就是昨天那个自行车上驮面的陌生人。

之后，存喜一路顺风，一风顺了30年。

然而，存喜的今生福报已经享尽，去年冬天，他走了。

话到如此，我就向金宝和L推荐一本书：《了凡四训》。

是《了凡四训》这本书，让我明白了一种做人道理，并且因为这本书，将我引导于精深博奥的佛学门口。

是的，我和我的友人，我们都该俯身学习，恭种福田。

六

网友们在微信里频繁晒花，春天的花朵，从广东福建南边出发，一路向北，逐日而开。

回老家看了看，没碰见一个熟人。大地安静，百草枯槁，零零星星的绿芽，从灰土中开始钻出。

　　遥想一种奢侈而幸福的生活：清粥素菜，归居乡里，听鸟声啁啾，与草木为友，不管城里怎么热闹，可以独享十里宁静。

苏　良

2017 年春